HARLEQUIN®
Deseo®

T5-DHC-032

UNA MUJER SOFISTICADA
BJ James

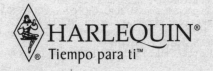

HARLEQUIN®
Tiempo para ti™

NOVELAS CON CORAZÓN

Editado por HARLEQUIN IBÉRICA, S.A.
Hermosilla, 21
28001 Madrid

I.S.B.N.: 84-396-9832-1
Depósito legal: B-24415-2002
Editor responsable: M. T. Villar
Diseño cubierta: María J. Velasco Juez
Composición: M.T., S.L.
Avda. Filipinas, 48. 28003 Madrid
Fotomecánica: PREIMPRESIÓN 2000
c/. Matilde Hernández, 34. 28019 Madrid
Impresión y encuadernación: LITOGRAFÍA ROSÉS, S.A.
c/. Energía, 11. 08850 Gavá (Barcelona)
Fecha impresion para Argentina:24.12.02
Distribuidor exclusivo para España: LOGISTA
Distribuidor para México: PUBLICACIONES SAYROLS, S.A. DE C.V.
Distribuidores para Argentina: interior, BERTRAN, S.A.C. Vélez
Sársfield, 1950. Cap. Fed./ Buenos Aires y Gran Buenos Aires,
VACCARO SÁNCHEZ y Cía, S.A.
Distribuidor para Chile: DISTRIBUIDORA ALFA, S.A.

Prólogo

En un escaso momento de paz, Jackson Cade estaba frente a la puerta del granero, tan rígido como una estatua. En aquella repentina y bendita tranquilidad, recorrió con triste mirada la tierra que se extendía hacia el horizonte, pero no veía nada.

Su mente estaba demasiado llena de pena y sufrimiento como para apreciar lo hermosos que estaban los pastos a la luz de la luna. No olía el perfume de la noche sureña, que flotaba en la brisa que acariciaba su acalorada piel con un refrescante beso.

En otro momento, habría contemplado aquella vista con orgullo por todo lo que veía. Aquello era River Trace, su tierra, su hogar, un lugar que él había convertido en lo que era. Sin embargo, aquella noche, no había orgullo, ni satisfacción por lo conseguido, sino solo la sensación de que había entablado una batalla feroz y frenética... y había perdido.

A causa de su fracaso y de su empecinada altanería, una magnífica criatura iba a morir. Y con ella, todos sus sueños.

Sonaron unos pasos a sus espaldas y una mano le agarró por el hombro. Jesse Lee, un buen amigo y experto en caballos, le preguntó con voz ronca:

—¿Qué haces aquí de pie?

—Supongo que pensando que ojalá pudiera cambiar las cosas —respondió Jackson, encogiéndose de hombros.

–Creo que los dos desearíamos poder cambiar un montón de cosas –afirmó Jesse–, pero el caso es que no podemos. Y no hay vuelta atrás. Solo se puede ir hacia delante.

–¿Y cómo lo hago? –preguntó Jackson, con una amarga sonrisa.

–Se hace entrando en la casa y realizando la llamada de teléfono que te has negado a considerar. No sé si vas a conseguir algo con eso, pero debes intentarlo. Y si salvas al pobre animal que está sufriendo en ese establo, o al menos alivias su sufrimiento, ¿qué es eso comparado con el esfuerzo que tendrías que hacer?

–No te tragas las palabras, ¿verdad, viejo?

–No lo he hecho nunca. Y tienes razón en lo que has dicho. Ya soy demasiado viejo para comenzar.

Jackson asintió, pero no apartó la vista del horizonte. Aquello era más que River Trace. Era su sueño. El trabajo de toda una vida. La inversión de todo lo que tenía, de su corazón, de su sangre, de su sudor y de sus lágrimas. Después de años de lucha, solo faltaban uno o dos potros para que se cumplieran sus sueños más ansiados, unos potros que podrían no nacer nunca. A menos que una llamada de teléfono consiguiera el milagro.

–A menos que... –musitó él, dando un paso al frente.

–¿Qué significa eso? –le preguntó Jesse, mientras dejaba caer el brazo.

–Exactamente eso, Jesse. A menos que –dijo Jackson, tristemente, mientras iba en dirección hacia la casa, que estaba algo descuidada, siempre por favorecer a los establos y a los caballos.

–¿Dónde demonios vas, Jackson Cade?

–A hacer una llamada de teléfono. A rezar.

–¿Te importa si me uno a ti en lo de rezar?

–Hazlo –respondió Jackson. Cuando estaba al

4

lado de la escalera que llevaba a la puerta trasera, se dio la vuelta–. Gracias por venir esta noche, Jesse. Sé que lo has intentado.

–Los dos lo hemos hecho, Jackson, pero lo que podíamos hacer no era suficiente.

Jackson respiró profundamente y asintió. Entonces, se dio la vuelta y empezó a subir los escalones de piedra.

–Nuestra mala suerte es que tu hermano no esté aquí. La buena es que hay otra persona. Llama –susurró Jesse–. Arriésgate. Lo que consigas con ello podría valer su peso en oro.

Capítulo Uno

Los gritos. Todavía podía escuchar los gritos...

Haley Garrett se aferró al volante y, tratando de olvidarse de la incongruencia de su elegante vestido negro y del perfecto recogido con el que se había peinado su cabello rubio platino, apretó el pie sobre el acelerador.

Era muy tarde. La luna llena brillaba en el cielo. Sin embargo, Haley no pensó en la bella noche sureña mucho más que en la fastuosa fiesta o en el atractivo hombre al que había abandonado para acudir a aquella llamada. Solo pensaba en su destino y en el misterio que allí la aguardaba.

Por fin, pasó a través de una verja abierta que precedía a una larga avenida de robles. Más allá, había vallas que guardaban los pastos de River Trace, uno de los mejores criaderos de caballos de todo el sur. Sabía que la tierra era magnífica y que los animales eran extraordinarios, pero, a pesar de su belleza, para Haley, aquella tierra estaba desgarrada por los gritos de un único caballo, unos gritos agónicos, enloquecidos, que resonaban sin cesar en su memoria.

A pesar de que, a través del auricular del teléfono, habían sonado algo amortiguados, se habían convertido en un lúgubre acompañamiento a la petición de ayuda que había escuchado. Jackson Cade tenía que estar completamente desesperado para buscar la ayuda de Haley, recién llegada a Belle Terre y, por lo tanto, la veterinaria de la que menos referencia se tenía en la ciudad.

Al fin, iluminada por la luz de la luna, llegó al rancho. La casa había visto días mejores, pero, todo el conjunto podría haber sido sacado de las páginas de un libro de Historia. Detrás de la casa encontró la única nota discordante: el establo principal. A pesar de que estaba construido en un estilo tradicional, se notaba que era completamente nuevo. Seguramente sus instalaciones serían de las más modernas.

Tras detener su furgoneta, Haley saltó del vehículo. Solo se tomó el tiempo necesario para cambiarse las elegantes sandalias que llevaba puestas por unas botas de goma y se colocó unos guantes. Sin prestar atención a lo ridículo de su atuendo, agarró su maletín. No obstante, decidió que, en lo sucesivo, llevaría siempre unos vaqueros y una camisa en el maletero.

Rápidamente, se dirigió hacia el establo. Al llegar, notó que el interior estaba profusamente iluminado. Entró y se detuvo en la puerta. Tal y como había pensado, las instalaciones eran de última tecnología.

–Doctora –le dijo un hombre, desde el final del impecable pasillo.

–Jesse –respondió Haley, al reconocer al vaquero que trabajaba como capataz en Belle Reve, el rancho que Gus Cade, el patriarca de la familia, dirigía con mano de acero.

No le sorprendió la presencia de Jesse Lee, dado el amplio conocimiento que tenía sobre los caballos. Haley se habría imaginado que, en ausencia de Lincoln Cade, su socio en la consulta de veterinaria, Jesse hubiera sido el primero al que se recurría.

Se preguntó dónde estaría él. Él. Jackson Cade, el hermano de Lincoln, el tercero de los hijos de

Gus Cade, el hombre que, desde el principio, había mostrado una abierta antipatía hacia ella y que siempre había rechazado que Haley se ocupara de sus caballos. Hasta aquella noche.

–¿Cómo está? –preguntó ella–. La situación parecía urgente. He venido tan rápidamente como he podido.

–A mí me parece que ha venido demasiado rápido –bromeó Jesse, recorriendo con la mirada el vestido negro que Haley llevaba puesto.

–¿Está tratando de demostrar algo, doctora? –le preguntó una segunda voz, a sus espaldas, en un tono muy diferente al de Jesse.

Cuando Haley se dio la vuelta para enfrentarse con su acusador, vio que la mirada de Jackson Cade era todavía más fría que su tono de voz. La joven veterinaria trató de guardar la compostura y no responderle en el tono insultante que él había efectuado la pregunta, sin sentirse intimidada ni provocada.

–Estoy aquí porque usted me ha llamado, señor Cade. Aparte de eso, no tengo nada que demostrar.

–Ah –replicó él, mirándola de arriba abajo. Sus ojos se entretuvieron más de lo necesario sobre el escote, para luego deslizarse por la falda y terminar sobre las botas–. Entonces, ¿tenemos que creernos que siempre acude a hacer sus visitas vestida como la duquesa de Belle Terre? ¿O, mejor aún, que ha hecho una concesión al recibir esta llamada y que está rebajándose al acudir a River Trace?

–Los dos sabemos muy bien que nunca he venido a River Trace –replicó ella, a pesar de que aquel comentario le había dolido–. Nunca he venido a este rancho porque usted nunca ha querido que viniera. Esta noche, he acudido directamente, tal y como estaba. Por el tono de su voz y por los gritos de su caballo, sentí que la rapidez en acudir a su llamada era más importante que el modo en el que estuviera vestida. Lincoln no está aquí, como bien sabe usted cuando se dignó a llamarme, así que espero que se dé cuenta de que hay situaciones en las que uno no puede ser exigente. Esté o no vestida como usted considera apropiado, soy lo único que tiene.

Haley se irguió y miró fijamente los ojos de Jackson Cade, que podrían haber resultado muy hermosos de no ser por aquella dura mirada. Sin embargo, él decidió mirarla de nuevo de arriba abajo, con el mismo detenimiento que lo había hecho antes.

Haley soportó la situación aferrándose a su compostura. Se negaba a darle a aquel hombre tan insufrible la satisfacción de sonrojarse. La había llamado para que fuera ayudarlo. La situación era muy grave y, sin embargo, él parecía estar perdiendo un tiempo precioso con aquel comportamiento tan machista y tan extraño en él. Se sabía que Jackson Cade era un hombre al que le encantaban las mujeres, sin reserva. No obstante, a las mujeres profesionales, ambiciosas y motivadas como Haley, solía tratarlas cortésmente, con un respetuoso distanciamiento. A todas, menos a Haley Garrett, que parecía merecerse una hostilidad especial. Ella no entendía aquella antipatía, que parecía aumentar cada vez que se encontraban.

Incluso en aquellos momentos, por razones que él solo conocía, la necesidad de humillarla era aún más fuerte que su desesperación, lo que no parecía encajar con su amor por los caballos. Como propietario de algunos de los mejores caballos de la tierra, Jackson Cade no escatimaba ni tiempo ni dinero para asegurar el bienestar de sus animales.

A pesar de que desconfiaba plenamente de la socia de su hermano en la consulta veterinaria, la actitud que demostraba hacia Haley rayaba en lo ridículo. Ella no llegaba a comprender los motivos ni a vislumbrar el origen de los mismos. Sin embargo, dado que había dejado de pensar que él pudiera dirigirse a ella de un modo normal y mucho menos explicarle cuáles habían sido sus pecados, la joven había dejado de tratar de comprender a Jackson Cade hacía semanas.

Si solo fuera por aquel frustrante hombre, se daría la vuelta y se marcharía de allí inmediatamente. No obstante, el que necesitaba su ayuda no era solo el enigmático Cade, sino su caballo. Desde su llegada al establo, Haley había escuchado los sonidos angustiados que provenían de uno de los pesebres. Como no podía darle la espalda a aquella criatura que necesitaba de su ayuda, decidió dejar su resentimiento a un lado y ceder a la compasión.

—Si lo hace sentirse mejor, me disculpo por mi atuendo, señor Cade. Estaba invitada a una cena después de un concierto —explicó—. Cuando me llamó, consideré que la situación era una emergencia. Y así sigo haciéndolo. Si me permite, me gustaría ayudar y, para hacerlo, tengo que examinar al caballo mientras esté tranquilo, lo que, por los ruidos que estoy escuchando, no va a durar mucho.

Jackson Cade pareció avergonzado de su comportamiento, aunque solo por un momento. Al cabo de un segundo, recobró de nuevo su actitud antipática.

—Por supuesto, Duquesa —le dijo, realizando una reverencia al mismo tiempo—. El problema de Dancer ha acabado con nuestros mejores modales

—Ya veo que, como última posibilidad, usted ha decidido darme la oportunidad de diagnosticar la enfermedad.

—Podríamos decir que así es.

Cuando levantó la cabeza de aquella ridícula reverencia, a Haley le pareció que tenía cierta expresión de burla en aquellos ojos azules. En la brevedad de lo que duró aquel momento, Haley pudo ver más allá de la furia y del miedo. Jackson Cade casi había perdido la cabeza de la preocupación por lo mucho que se interesaba por sus animales. Sus caballos eran mucho más que un negocio para él. Por muy poco que le gustara, efectivamente, Haley Garrett era su última posibilidad.

–En ese caso, es mejor que lo haga bien, ¿no es así? –replicó, antes de darse la vuelta para dirigirse al otro vaquero–. Jesse, si no te importa acompañarme al pesebre de Dancer...

–Iré yo –bufó Cade, acercándose a ella. A pesar de ser el más bajo de sus hermanos, le sacaba muy a gusto una cabeza.

–No –replicó Haley, armándose de valor–. Gracias, pero no. Necesito a alguien que piense con frialdad. Usted está demasiado implicado emocionalmente.

–Esta es mi tierra y Dancer es mi caballo, doctora Garrett.

–Sí, es su caballo, pero también es mi paciente, señor Cade. ¿Estás listo, Jesse?

–Nunca lo he estado más. Los muchachos se han llevado a los otros caballos a los pastos. El ataque que tuvo Dancer resultaba contagioso. Parte del ruido que escuchó por teléfono eran ellos. Se estaban poniendo cada vez más y más nerviosos, aunque no parecían ver lo que Dancer se estaba imaginando. Por cierto, ¿ha dicho que estaba en un concierto? –añadió, cambiando de tema muy abruptamente, mientras acompañaba a Haley al pesebre del caballo–. Supongo que eso significaba que tenía usted una cita. Una potrilla tan guapa como usted, tan bien vestida... Sería una pena si no fuera así...

Tanto si se trataba de una cita como si no, aque-

11

llo no parecía ser asunto de Jesse Lee. Sin embargo, era casi tan famoso por su habilidad por los caballos como por su curiosidad, así que a Haley no la sorprendió.

–Gracias por el cumplido, Jesse. Me alegra mucho saber que crees que soy una potrilla muy guapa –dijo Haley, con una sonrisa en los labios–. Y sí, efectivamente tenía una cita para ir a ese concierto. Y también para cenar.

–Supongo que es imposible que fuera Daniel Corbett, dado que él hubiera estado dirigiendo la orquesta.

–Era música de cámara, Jesse, no la orquesta. Daniel no era el que dirigía.

–¿No?

Preguntándose el porqué de tanta curiosidad, que era excesiva incluso para Jesse, Haley trató de cambiarse el pesado maletín de mano. Sin embargo, antes de que pudiera completar el movimiento, alguien se lo quitó de las manos. Era Jackson Cade.

Mientras andaba a su lado, Haley se dio cuenta de las profundas ojeras que tenía en el rostro. En aquel momento, casi le excusó por su insolencia. A pesar de todo, era consciente de que lo último que aquel hombre fuerte y testarudo quería de ella era simpatía, por lo que volvió a centrar su atención en Jesse, que no había dejado de hablar ni un solo momento.

–¿Cómo dices, Jesse? Lo siento, pero me temo que no estaba escuchándote.

–Aquí no tiene que sentir nada, señorita. Y, considerando que Jackson es más bien perro ladrador, tampoco tiene que tener miedo de él. Lo que le decía es que, con eso de ser director de orquesta, ese Daniel debe de ser muy interesante.

–Daniel es, efectivamente, muy interesante.

–Supongo que esa breve respuesta significa que no va a decirme exactamente quién era la persona con la que había salido.

–De hecho, no. He venido a ocuparme de un caballo, no a hablar de mi vida social.

Al ver el gesto de frustración de Jesse, no pudo evitar una sonrisa. De repente, el vaquero se detuvo ante la puerta de una cuadra y la abrió. Cuando Haley vio lo que se ocultaba en su interior, sintió que la sonrisa se le helaba en los labios.

En los círculos más especializados, se conocía bien al magnífico semental de Cade. Haley nunca había tenido el placer de verlo en persona, pero había leído mucho sobre él en las revistas de veterinaria. Sin embargo, si le hubieran dicho que la agotada criatura que tenía ante sus ojos era aquel legendario caballo, nunca lo habría creído.

Tenía el pelaje empapado de sudor y sin brillo alguno, la cabeza inclinada y la cola apagada y sin vida. A primera vista, parecía haber perdido mucho peso, pero, dada la breve duración de su ataque, Haley sabía que sería más bien una aguda deshidratación.

–Jackson –susurró ella, tan alarmada que, sin darse cuenta, lo había llamado por su nombre de pila–, ¿cuánto tiempo lleva así?

–Empezó hace varias horas. Primero se mostró algo letárgico y luego tuvo unos minutos de comportamiento errático. Dancer tiene mucho temperamento. Al principio, parecía más bien un ataque de mal humor. Entonces, empezó a volverse loco. Todos tratamos de calmarlo. Jesse, yo, incluso todos los muchachos... Y nos agotó a todos.

–Cuéntamelo todo. No omitas ni el más mínimo detalle.

Jackson le contó con todo el detenimiento que pudo lo que había tratado de hacer con el caballo. Haley descubrió que había obrado con buen juicio y con detenimiento. Había sabido reaccionar y era sensato y bien organizado, lo que hacía que la reacción que mostraba hacia ella resultara incluso más incomprensible.

Tras escuchar todo lo que tenía que decir, Haley asintió. Entonces, se puso a estudiar al caballo, que constituía solo un penoso recuerdo de la magnífica criatura que en realidad era. Sentía que algo le acicateaba por dentro, algo que Jesse había dicho, acentuado aún más por la explicación de Jackson.

–¡Jesse! –exclamó, de repente.

–Sí, señora. Usted dirá.

–¿Qué fue eso que me dijiste sobre los otros caballos?

–No recuerdo exactamente, pero los otros caballos reaccionaron de un modo similar al de Dancer y los muchachos tuvieron que sacarlos a la pradera –respondió Jesse, echándose hacia atrás el sombrero–. ¿La ayuda eso?

Haley examinó el establo, tratando de encontrar la inspiración que necesitaba, pero nada cambió. Estaba tan confundida como Jesse o Jackson.

«¿Jackson?» En aquel momento fue consciente de que había empezado a pensar en él por su nombre de pila, aunque dudaba que tuviera alguna vez la relación tan cordial que tenía con sus hermanos Adams o Jefferson, que no la evitaban. Rápidamente, trató de apartar sus pensamientos del testarudo y arrogante Jackson Cade y trató de centrarse en el detalle que parecía escurrirse entre los entresijos de su memoria.

–Tal vez me ayude, pero tal vez no –admitió–. Puede que se trate de algo sin importancia.

–Jesse dijo algo más –dijo Jackson, colocándose de repente al lado de Haley. El aroma que desprendía era masculino, agradable y se mezclaba de modo muy agradable con el heno y los caballos.

En aquel momento, el hecho de que sintiera tanto resentimiento por ella pareció molestarlo más que nunca. Jackson habría podido ser un hombre cuya amistad Haley habría valorado mucho, pero sabía que el hecho de que los dos fueran amigos era un ideal imposible de conseguir.

–¿De qué se trata? –preguntó ella, tratando de centrarse en el caballo.

–¿El qué? –replicó Jackson, que también parecía haber perdido la concentración. Entonces, frunció las cejas, que eran ligeramente más oscuras que su cabello castaño.

–Lo siento, no quería hablar como si se tratara de una adivinanza. Solo preguntaba qué más era lo que Jesse había dicho.

–Lo que probablemente te llamó la atención fue el comentario que Jesse hizo sobre que los otros caballos no estaban viendo lo que Dancer estaba imaginando –comentó Jackson, al ver que Jesse se encogía de hombros.

–¿Imaginando? Jesse, ¿te pareció que el caballo se estaba imaginando algo? ¿Y tú? –añadió, refiriéndose a Jackson, antes de que el primero pudiera responder.

–En aquel momento en lo único en que podía pensar era en evitar que Dancer se hiciera daño –respondió Jackson, frotándose uno de los golpes que le había dado el caballo–. Ahora que recuerdo lo que dijo Jesse, efectivamente Dancer se comportaba como si estuviera teniendo alucinaciones. Tal vez estaba teniendo algún tipo de ataque, lo que es ridículo.

Alucinaciones. Un ataque. ¿Tal vez se trataba de la reacción a alguna sustancia extraña? Haley ya lo había visto en otra ocasión. El caballo murió en ese caso, pero la autopsia había revelado cuál había sido la causa de la muerte. Tal vez si tenía suerte...

—Jesse, dame una jeringuilla. Jackson, pon mi maletín donde haya buena luz.

Cuando los dos hombres habían hecho lo que ella les había pedido, se puso a preparar la jeringuilla.

—Creo que tuve un caso similar en otra ocasión. Si estoy en lo cierto y actúo con rapidez, tal vez podamos salvar a Dancer, pero espero que comprendas que solo es una conjetura. Todo depende de lo acertada que esta sea. Si tuviéramos tiempo para realizar pruebas...

—Pero no es así —le recordó Jesse.

—Si me equivoco...

—Lo que vas a intentar podría matarlo, ¿verdad? —anunció Jackson, terminando la frase por ella.

—Sí.

—En las condiciones en las que está, se morirá de todos modos si no lo intentas —comentó Jesse. Sin embargo, Haley y Jackson estaban tan pendientes el uno del otro que casi ni lo oyeron.

—Es el último cartucho — murmuraba Jackson

—Eso parece, pero Dancer es fuerte... hay una posibilidad de que esto consiga hacerle reaccionar antes de que el corazón no pueda más.

—No. Tú no lo viste. Aunque el siguiente ataque que tenga sea más ligero, no lo superará.

—En ese caso, ¿confías en mí? ¿Quieres correr este riesgo?

Haley sabía que se encontraba frente al mayor desafío de su carrera. Sabía que todo lo que hiciera para curar al caballo sería pura especulación, tal y como les había advertido. Sin embargo, aquello era lo único que tenían. No quedaba mucho tiempo antes de que el caballo sufriera otro ataque de locura. «De un ataque de locura provocado deliberadamente».

Aquel pensamiento surgió de ninguna parte,

pero todo parecía indicar que aquello había sido deliberado. Conocía muy poco sobre el funcionamiento de River Trace y mucho menos de su propietario, aparte de su reputación como un hombre divertido, amable y seductor. Una vez, hacía mucho tiempo, Haley había conocido su amabilidad, pero los tiempos cambian, igual que la gente. Tal vez el joven que había sido tan amable con una Haley Garrett y que, evidentemente, se había olvidado de ella, había cambiando también. Tal vez tenía enemigos...

Dancer empezó a menear la cabeza. Luego trató de dar unos inciertos pasos y empezó a relinchar, lo que parecía el preludio del ataque que todos temían.

Haley se sentía cada vez más segura de que tenía razón. Creía que había esperanza para el caballo, pero no le quedaba mucho tiempo.

Entonces, dio un paso para entrar en la cuadra, pero una fuerte mano se lo impidió.

–No –le dijo Jackson–. Sea lo que sea, viene por etapas. Cuando estaba en el peor momento, es demasiado peligroso como para que te arriesgues. Lo siento.

Un gesto de verdadera pena le cruzó el hermoso rostro, sorprendiendo profundamente a Haley. Antes de que ella pudiera protestar, él la agarró fuertemente de la mano.

–No debería haberte interrumpido la velada, Duquesa –añadió, aunque aquella vez el nombre carecía de la mala intención que había tenido anteriormente. Si no se hubiera tratado de Jackson, tal vez podría haberse considerado un apodo cariñoso, el tipo de nombre que un amigo le habría dedicado a una amiga... ¿Amigos? Aquello nunca podría ser posible entre ellos.

–Tú me llamaste. Llevo mucho tiempo... –dijo

Haley, interrumpiéndose secamente antes de poder terminar la frase. Efectivamente, había esperado durante mucho tiempo aquella llamada, que él la necesitara... Decidió pensar en aquella conclusión más tarde, cuando él no la estuviera contemplando con aquellos ojos azules–. He venido aquí con un propósito. Tu caballo necesita atención. Ahora, Jackson, antes de que sea demasiado tarde.

–Es muy peligroso. Demasiado...

–Porque es un luchador, pero ahora solo está algo inquieto. Sea lo que sea lo que le pasa, está a punto de ocurrir. Si me muevo con rapidez, tal vez pueda encontrar lo que estoy buscando. Si lo hago y mis suposiciones son ciertas, lo que voy a intentar hacer podría salvarle la vida.

Haley estaba decidida a realizar su trabajo. Miró un reloj que había en la pared y comprobó que solo habían pasado diez minutos desde que había llegado allí. Incluso tan poco tiempo era demasiado.

Segura de que estaba perdiendo su oportunidad, si había alguna, decidió perseverar.

–Nunca has querido que viniera a tu rancho. El hecho de que me hayas llamado esta noche solo puede significar que sabías que lo que yo pudiera hacer era solo un último cartucho. Míralo, Jackson... Se está agotando el tiempo, para Dancer y para mí.

–No.

Jackson no podía explicar por qué se estaba resistiendo a aquello. La había llamado para que fuera a ayudarlo. Cuando todo lo demás había fracasado, la vida de Dancer estaba en manos de Haley Garrett. En las manos de una duquesa, a pesar de los callos y de las cortas uñas.

–No puedes. Cuando te llamé, no me dí cuenta de que... –susurró, apretando ligeramente la mano de ella entre las suyas–... Lo siento, Duquesa. No debería haber interrumpido el concierto ni tu cita con Daniel.

–No era Daniel y voy a realizar el trabajo para el que estuve años preparándome, el trabajo por el que vine a Belle Terre, por el que vine a la consulta de Lincoln.

El semental, completamente agotado, relinchó y dio un paso al frente, aunque tropezó. Haley miró al animal, para luego volver a dirigirse a Jackson.

–Dancer no es la primera criatura enloquecida a la que me he tenido que enfrentar en mi vida profesional y no será la última.

–Déjala, Jackson –dijo Jesse, de repente–. He visto a la Duquesa en acción. Puede ocuparse de Dancer, probablemente mucho mejor que tú o que yo.

Aprovechando que Jesse lo había distraído, Haley se soltó de Jackson y, con la jeringuilla preparada, entró en la cuadra.

Capítulo Dos

Jackson estaba en la ventana de su dormitorio. Cuando compró la que una vez había sido una opulenta plantación, se había endeudado completamente con el Banco de Belle Terre. Había trabajado noche y día, con todo su corazón, por aquellas tierras. Siempre que el esfuerzo le había parecido ingente y la finalidad que allí le había llevado imposible, era aquella ventana y la vista que se divisaba desde allí lo que le daba ánimos.

–¿Cuántas veces? –preguntó, en voz alta.

¿Cuántas veces había estado allí, al alba, observando los cambios que el sol efectuaba sobre la tierra? Los cambios que su trabajo había ido realizando en los pastos...

Aun con la ayuda de Jefferson y de Lincoln, los progresos habían sido muy lentos. Había querido dejarlo todo muchas más veces de las que le gustaba recordar. Entonces, se acercaba a aquella ventana al amanecer y sentía como si el sol fuera calentando también su corazón. Poco a poco, los problemas parecían serlo menos y le hacía creer que imposible solo era una palabra más del diccionario.

Su primer semental había sido mediocre, pero había engendrado buenos potros, lo que incrementó su popularidad. Con el dinero que sacaba por alquilar su semental, compró otro y más tierra de pasto. Su nombre empezó a hacerse un hueco entre los círculos más selectos. Los caballos de Jackson Cade se convirtieron en una ganadería a tener en cuenta. Entonces, Adams vendió las Empresas Cade e insistió que una parte de sus beneficios recayera sobre sus hermanos. Todos se convirtieron en socios. Así consiguieron devolver Belle Reve a su esplendor original. Los hijos de Gus Cade, que hasta entonces no habían sabido más que trabajar de sol a sol y apretarse el cinturón, nadaron de repente en la abundancia.

Adams se quedó en la zona y se casó con Eden, la mujer de la que había estado desde siempre enamorado. Con ella, empezó a rehabilitar casas en Belle Terre, llevando gracia y dignidad a las ruinas que, un siglo antes, habían alojado a las amantes y a los hijos bastardos de los ricos terratenientes y empresarios del sur.

Lincoln modernizó al máximo su consulta y se compró un Jaguar, una hermosa casa y dejó que Adams le invirtiera el resto del dinero.

¿Y Jeffie?

Jackson sonrió. ¿Qué decir sobre Jeffie? Seguía cazando, pescando, pintando... Trabajaba con los caballos en Belle Reve y en River Trace, sin darse cuenta de que tenía a sus pies a prácticamente la totalidad de la población femenina de Belle Terre.

Una risotada resonó en la penumbra del dormitorio. Una carcajada de placer de su hermano pequeño porque, a pesar de que la vida del resto de los hermanos había cambiado, la de Jefferson no había variado en absoluto.

–En realidad, la mía tampoco.

Su vida, su trabajo, sus fines seguían siendo los mismos. Solo River Trace había cambiado. Él había invertido el dinero que él siempre consideraría como los millones de Adams en su rancho. Primero, reemplazó un establo que se había quemado. Había sido un incendio intencionado, aunque no se descubrió ni el motivo ni al sospechoso.

Solo se podía pensar en los Rabb, una familia con la que los Cade tenían una vieja rencilla, que se había visto avivada por la inesperada riqueza de estos últimos. Celos y envidia que se habían convertido en un odio que podría haber terminado en tragedia.

Sin embargo, como no se habían encontrado pruebas y no había habido más incidentes, Jackson había decidido olvidarse de todo aquello. Después de reconstruir el establo, había recuperado los últimos metros del terreno original de la plantación de River Trace. Por fin, había podido dedicarse a la cría de caballos y había comprado sementales cada vez más valiosos. El último de ellos había sido Dancer, el purasangre sobre el que había basado sus sueños y el futuro de River Trace.

–Casi lo pierdo... En una sola noche, casi pierdo mi sueño...

Poco a poco, el sol se fue levantando sobre los pastos e iluminó el trigo que esperaba ser cosechado. Mil vallas blancas dividían la tierra en pequeñas secciones, intercalando el dorado trigo con los verdes pastos. Los caballos rumiaban la hierba en una imagen tan hermosa que casi dolía contemplarla.

Aquello era el paraíso, al menos para Jackson, un paraíso que se podría haber perdido si no hubiera sido un por una pequeña mujer, una valiente mujer a la que él se había empeñado en odiar desde la primera vez que la vio. Había rechazado su ayuda una y otra vez y, sin embargo, cuando la llamó, acudió enseguida. Cuando él la había insultado, ella había mantenido la dignidad. Al final, había sido él quien había quedado en ridículo. A pesar de poner en riesgo su vida, se había ocupado de una enloquecida criatura y la había salvado.

Jackson se apartó de la ventana y se volvió a mirar a la cama sobre la que ella dormía para recuperarse del golpe que casi le había costado la vida la noche anterior, cuando un enloquecido Dancer la había arrojado contra la pared de la cuadra.

—No solo ha salvado mi caballo, sino también mi casa.

Entonces, se dirigió a la silla sobre la que había estado sentado toda la noche, a excepción de los últimos minutos y siguió esperando a que Haley Garrett se despertara.

El reloj de pared que había en el recibidor había dado la hora cinco veces desde que Jackson había colocado a Haley sobre su cama. Durante cuatro de esas cinco veces, ella ni siquiera se había movido. A la quinta, empezó a rebullirse.

Lentamente, empezó a parpadear, aunque no abrió completamente los ojos. De repente, frunció ligeramente el ceño.

Eran las seis de la mañana. Llegaba tarde. Debería levantarse, pero no podía encontrar la energía para hacerlo. Lentamente, empezó a estirarse en la cama y entonces sintió que un agudo grito la partía en dos.

Tuvo que contener el aire en los pulmones. Las pestañas que acababan de empezar a levantársele de las mejillas, parpadearon en un esfuerzo por apagar un mundo que parecía demasiado brillante y terminar con un dolor demasiado agudo. No podía respirar, ni moverse. Los músculos de la espalda le ardían de dolor.

Tratando de negar ese dolor, procuró de nuevo moverse. Apretó los dientes para reprimir el dolor, pero no consiguió ahogar un gemido. Entonces, una mano le acarició la frente para ofrecerle alivio. Sin embargo, no comprendía nada.

–No –susurró, apartando la cara.

–Shh... Todo va bien, gracias a ti. Estás bien... –le aseguró una voz.

«Gracias a ti. Gracias a ti». Había oído aquellas palabras antes, para tratar de aliviar lo que no podía tener alivio, para tratar de buscar consuelo para lo inconsolable con una mentira... Lo había escuchado todo antes y no quería volver a oírlo. Cerró con fuerza los ojos, agotada por una vieja lucha...

–No –susurró.

Haley estaba demasiado cansada. Las palabras le dolían demasiado. En la oscuridad de su mundo, tembló al sentir que la cama cedía con el peso de él.

–Vete, Todd. Déjame en paz...

–Shh, shh, tranquila –decía una voz profunda, aunque no la que ella había esperado escuchar–. No soy Todd, Duquesa. Y no creo que me gustara serlo, pero no te tocará si no quieres que lo haga.

Aquella era la voz que Haley había escuchado tratando de calmar a un caballo enloquecido, asustado... Estaba tratando de tranquilizarla a ella...

–¿Jackson?

Poco a poco, consiguió levantar los párpados. Mientras se volvía para mirarlo, con unos ojos azules que reflejaban sombras que se debían a algo más que al dolor físico. Poco a poco, pudo enfocar la mirada y vio que él la observaba con el ceño fruncido. Recordó la noche anterior y dónde estaba. Entonces, volvió a sentir un agudo dolor en las costillas y en la espalda.

Jackson contempló su palidez y, entre dientes, maldijo a un hombre llamado Todd por pecados que ni siquiera podía nombrar e incluso a sí mismo, por su estupidez.

–Estás a salvo, Haley. Y gracias a ti, también lo está Dancer.

–Dancer –repitió ella, recordando al magnífico semental–. ¿Está vivo?

–Gracias a ti. Necesitará tiempo para recuperarse, pero dentro de poco estará perfectamente.

–¿Cómo? ¿Cuándo? –preguntó Haley, ansiosa, al descubrir que no lograba recordar los detalles. De lo último que se acordaba era de apartar la mano de la de Jackson y entrar en la cuadra.

–Diagnostiaste muy bien los síntomas que presentaba. Estaba a punto de tener otro ataque cuando le pinchaste con la aguja. Si fue la aguja, la inyección o el ciclo de los ataques, no lo sé, pero Dancer se sobresaltó y te aplastó contra la pared –dijo él, recordando cómo la había empujado, como si no pesara nada. Haley se había desmoronado casi bajo los cascos del caballo. El tiempo que habían tardado en sacarla de la cuadra le había parecido una eternidad–. Tienes un golpe muy fuerte, y estarás algo dolorida durante un tiempo, pero Coop dice que estarás perfectamente dentro de una semana.

–¿Coop? ¡Ah, Cooper!

Era el médico de Belle Terre. Davis Cooper. De hecho, había sido él quien la había acompañado al concierto aquella noche, un amigo que, a lo largo de la cena, le había confesado sutilmente que esperaba ser más que un amigo para Haley. Ella se había marchado a toda prisa hacia River Trace para responder al aviso sin darle demasiadas explicaciones. Aquel no era modo de tratar a un caballero, a un posible amante.

La joven trató de incorporarse, sin darse cuenta de que la enorme camisa que llevaba puesta le había dejado un hombro al descubierto.

–Debería haberlo llamado, debería explicarle... Necesito disculparme...

–¿Por qué, Duquesa? ¿Por realizar tu trabajo? ¿Por hacerlo bien?

25

Aquello no encajaba con lo que Jackson había esperado de ella. A pesar de ser la socia de Lincoln y saber que su hermano nunca hubiera elegido a nadie que no estuviera capacitado. Jackson sabía que se había comportado de un modo poco razonable, que solo había esperado lo peor de ella...

–Como yo realice mi trabajo no es relevante en estos momentos.

–¿No? ¿De verdad crees eso?

–Claro. Mi trabajo, mal o bien hecho, no tiene nada que ver con la disculpa. Se trata más bien de cortesía. Cooper se comportó como un caballero conmigo. Lo menos que puedo hacer a cambio es ser considerada con él.

Touché, pensó Jackson. Sospechaba que Haley había decidido olvidar el modo en que él se había comportado con ella y lo había achacado a la actitud general que le había presentado desde su llegada. Eso si se acordaba de algo. De repente, a Jackson le molestó que se le olvidara tan fácilmente, a pesar de que sabía que había sido abominable. Lo último que esperaba de Haley Garrett era indiferencia. En realidad, al verla allí, sentada en su cama, con una camisa que se negaba a permanecer en su sitio, no sabía lo que quería de ella. Ni lo que no quería... a excepción de la indiferencia.

–Podrás hacer lo que dicta tu protocolo más tarde... pero, te aseguro que ni espera, ni piensa, que te vayas a disculpar con él. Si las circunstancias hubieran sido otras, debes saber que Coop no habría dudado en marcharse, aunque hubiera sido en medio de un concierto, en medio de una cena o en medio de... Bueno, no importa. Lo que quiero decir es que, si un paciente lo necesita, Coop no duda nunca de cumplir con su deber. Comprenderá perfectamente lo que hiciste anoche.

–Tal vez –respondió Haley–, si supiera lo grave que era el asunto y lo enfermo que estaba Dancer.

–Lo sabe, Haley. Coop estuvo aquí anoche –respondió, mientras la empujaba suavemente para que volviera a tumbarse sobre la almohada.

Entonces, más para alivio suyo que para comodidad de Haley, le colocó la camisa. Le turbaba ver lo que aquel hombro tan sensual le había provocado en su interior. No era el momento ni el lugar para el deseo. Se recordó que Haley Garrett era todo lo que siempre había despreciado en una mujer.

–¿Que Cooper está aquí? ¿Ahora?

–Ya ha amanecido –dijo Jackson, captando un gesto extraño en el rostro de Haley, un gesto que no le gustó.

–¿Cómo? –preguntó ella, asombrada. Ya se había olvidado del reloj.

–Cuando estuviste en el granero era de madrugada. Ahora solo es un poco más tarde.

–¿Y significa eso que he pasado aquí el resto de la noche? –quiso saber ella, mirando a su alrededor. Enseguida comprendió que se trataba del dormitorio de Jackson.

–Al menos de lo poco que quedaba después de que Cooper te examinara.

–¿Que Cooper me examinó?

–Tal vez tú creas que Coop se merece una disculpa, pero seguro que él no piensa lo mismo. Tal y como él lo ve, se comportó como un idiota dejando que vinieras tú sola a River Trace. Llegó menos de un minuto después de que Dancer se abalanzara sobre ti.

–¿Que se abalanzó sobre mí?

–Sí, te lanzó contra la pared como si fueras una pelota.

–Y tú me sacaste... –dedujo ella, sabiendo que,

por mucho que la odiara, Jackson Cade nunca dejaría que corriera peligro alguno.

—Con la ayuda de Jesse.

No comentó el miedo que había sentido al verla sobre el suelo, ni lo desesperado que se había sentido cuando creyó que el caballo la había aplastado. El pánico le había dado una fuerza que no había creído tener. No le dijo que, si Jesse no se hubiera mostrado firme y lo hubiera tratado de tranquilizar, habría matado a Dancer con sus propias manos, ni que, cuando la tuvo a salvo, se comportó como un loco hasta que conoció el alcance de sus lesiones.

—¿Y entonces llegó Cooper?

—Sí.

Como un regalo del destino, Cooper había llegado para mitigar la preocupación que Jackson sentía en aquellos instantes. El médico había amenazado con echarle del granero si no se tranquilizaba. A Jackson no le había quedado más remedio que obedecer, pero, mientras el médico examinaba a su paciente, se había comportado como un animal acorralado.

—¿Y dices que Cooper me examinó? –quiso saber Haley, despejándose inmediatamente al pensar que había estado a merced de tres hombres.

—Tuvo que hacerlo –respondió Jackson–. Ni siquiera una Superwoman hubiera resistido el golpe que te dio ese animal.

—Me sacó el aire de los pulmones, ¿verdad?

—Sí, además de darte un buen golpe en la cabeza. Coop me aseguró que aquello no tenía tanto que ver con que estuvieras tumbada en el suelo como una muñeca rota como el que te hubiera golpeado el abdomen. Sin embargo, a mí me pareció que eso era una tontería y así se lo dije. En lo que a mí respecta, si una persona está inconsciente, está inconsciente. Lo que lo haya causado deja de tener importancia.

Después de aquella afirmación tan cínica, Coop le había dado a Haley algo para que pudiera dormir. Jackson evitó decirle que Cooper se había ofrecido a llevarla al dormitorio del primero, donde este había insistido que descansara y se recuperara. Por fin, el médico había insistido en quedarse, pero Jackson le había asegurado que Haley se encontraba bien. Harto del médico y de Jesse, les había echado literalmente del dormitorio, sugiriéndole a Jesse de muy malos modos que se fuera a cuidar de Dancer y a Cooper, con iguales maneras, que se fuera a su casa a esperar el siguiente aviso. Tras aquel intercambio, les había dado prácticamente con la puerta en las narices.

Jackson no podía entender el porqué. Se había hecho la misma pregunta innumerables veces a lo largo de aquella noche. ¿Por qué se había mostrado tan irritable con Cooper, cuando, después de todo, su llegada había sido una bendición de Dios?

¿Y Jesse? El hombre trabajaba incansablemente, preocupándose de Dancer y cuidándolo constantemente. El modo en que había tratado a su viejo empleado era imperdonable.

—Pides ayuda y luego escúpele en el ojo cuando lo hace —musitó, apartándose de la cama y de Haley, para ir a acercarse de nuevo a la ventana.

—¿Es así como lo llamas? —preguntó Haley, con cierto esfuerzo.

Acababa de sacar las piernas de la cama y estaba descansando los pies desnudos sobre el suelo. La joven no quería pensar en ello, y mucho menos en que estaba completamente desnuda bajo una camisa que sabía que pertenecía a Jackson, a excepción de las braguitas. Seguramente, él se las habría dejado para preservarle su orgullo.

–¿Que si es así como...? –replicó él, volviéndose para mirala–. ¿Qué diablos te crees que estás haciendo? –añadió, acercándose de nuevo rápidamente hacia la cama.

–No creo nada, Jackson. Lo sé. Me estoy levantando de esta cama. Y tú me vas a traer mi ropa, para que también me pueda quitar esta camisa.

–No puedes hacerlo.

–¿No? Mírame –le espetó ella, con arrogancia.

En el momento en que aquella palabra le salió de los labios, supo que se había equivocado. Sin embargo, el orgullo no le permitiría dar marcha atrás. Pensó que, seguramente, aquel dilema se habría reflejado en su rostro cuando sintió que Jackson la rodeaba con sus brazos para ayudarla a levantarse.

–Gracias. Ya me puedes soltar –susurró, muy consciente de la fortaleza de los dedos que la sujetaban.

–Claro –dijo Jackson, haciendo lo que ella le había pedido–. ¿Estás segura de que puedes hacerlo?

–Por supuesto. Mientras no tenga que enfrentarme con otro caballo en un futuro cercano, estaré bien.

–Sí, ¿verdad? –comentó él, riendo.

–No ha sido la primera vez que...

–Lo sé. Ni la última.

–Veo que me estoy repitiendo.

–No importa –le aseguró Jackson–. El cuarto de baño está tras esa puerta. Creo que te sentará muy bien un baño caliente. Si no encuentras todo lo que necesitas, solo tienes que dar un grito.

–Me bastará con que el agua esté caliente.

–Ya me había parecido a mí que sería así. Entonces, te dejaré con tu baño, Duquesa. Mientras tanto, creo que podré encontrarte algo de ropa limpia entre las cosas de Merrie.

–¿Merrie? –preguntó Haley, sin poder evitarlo. Sabía que no debía sorprenderse de que hubiera otra mujer en la vida de Jackson, pero no pudo evitarlo. Una docena, tal vez, pero una...

–Merrie Alexandre. Es una estudiante universitaria que vivió durante un tiempo con Eden y Adams. Entre clase y clase y durante los fines de semana, cuando necesita escapar de su apartamento, viene aquí para ayudarme con los caballos. Como se queda aquí cuando trabaja hasta tarde, se deja algunas mudas de ropa.

Jackson volvió a mirar a Haley de arriba abajo. Sin embargo, aquella vez no lo hizo con desdén. Descubrió que era muy poquita cosa, pero lo que vio, le pareció perfecto. Por último, volvió a contemplar su hermoso cabello rubio platino. El golpe de Dancer había hecho que se le cayera el recogido, por lo que él había terminado de soltárselo y se lo había desenredado antes de acostarla. Recordaba el tacto sedoso de los mechones entre los dedos, la limpia fragancia que emanaba... Aquellos mechones conseguirían atar a un hombre para siempre...

Jackson decidió apartar aquellos peligrosos pensamientos y también alejarse de ella. Se dirigió hacia la puerta del dormitorio y la abrió, como si así pudiera escapar de su propio deseo.

–Tú eres más menuda, pero creo que podré encontrar algo que te sirva. Y no te preocupes, a Merrie no le importará.

Antes de que Haley pudiera reaccionar, Jackson salió del dormitorio y cerró la puerta. «Sola en el cuarto de Jackson Cade», pensó, mientras se dirigía al cuarto de baño.

–Menos mal, considerando que tanta amabilidad es solo momentánea –susurró, mientras abría los grifos de la bañera–. La semana que viene, lo habrá olvidado todo. Y habrá vuelto a odiarme.

Mis disculpas. He tenido que marcharme, pero no por mucho tiempo. Dancer está bien, así que no tienes que ir a visitarlo. Espera. Descansa. Yo te acompañaré a tu casa.

Haley encontró aquella nota junto con una selección de prendas de Merrie Alexandre. Tras arrugar la nota, la dejó caer a sus pies junto con la toalla que, hasta entonces, la había envuelto. Entonces, empezó a vestirse. Admiró el buen gusto de la joven y se desconcertó por la evidente habilidad de Jackson para elegir ropa femenina.

Cuando hubo terminado de vestirse, se preguntó dónde estaría su propia ropa. Tras recogerse el cabello con las pocas horquillas que pudo encontrar, ordenó la habitación y se dispuso para salir.

–Ni rastro –murmuró–. Ni siquiera se acordará de que yo estuve aquí.

En aquel momento, vio la nota que había dejado caer al suelo y se la metió en el bolsillo de los vaqueros que le habían prestado. Entonces, salió del dormitorio.

Rápidamente, se dirigió hacia el establo, ansiosa por comprobar cómo estaba Dancer antes de que regresara el dueño de la casa. Se sentía bien con aquellos vaqueros y la camisa, a pesar de que esta le estaba algo apretada por el pecho. Evidentemente, Merrie era más esbelta, con una figura más adolescente.

Cuando estaba casi entrando al establo, se levantó una ligera brisa. La tela era suficientemente suave como para pegársele al cuerpo, aunque no tanto como para resultar demasiado reveladora.

Sin embargo, al frotarse contra sus pechos desnudos, hizo que se le irguieran los pezones.

Al entrar en el establo, una voz resonó a sus espaldas.

—¿Qué diablos estás haciendo aquí y por qué demonios estás vestida de esa manera?

Se dio la vuelta y estuvo a punto de chocarse con Jackson. Cuando sintió cómo la miraba, Haley sonrió. Luego, recuperó la compostura y trató de mostrarse lo más profesional que le fue posible.

—He venido para ver cómo está mi paciente y voy vestida de este modo porque estas son las ropas que tú elegiste para mí.

—En ese caso, me equivoqué.

—Evidentemente y, dada tu actitud, resulta más evidente que antes que esta no será la última vez que te equivoques.

—¿Qué significa eso, Duquesa?

—Descúbrelo tú mismo —replicó ella, lanzándole otra calculada sonrisa. Entonces, se alejó de él.

—¿Quién es Todd? —preguntó Jackson, de repente, queriendo, esperando, necesitando una reacción.

No consiguió nada con aquellas palabras, ni siquiera que ella perdiera el paso. Haley se volvió con enloquecedora tranquilidad.

—Todd no es nadie sobre el que tú debas preocuparte. Nadie. Ya no es nadie en absoluto.

Capítulo Tres

Cinco días, cinco largos días...

Jackson frunció el ceño y apartó aquel pensamiento, y su inaceptable implicación, de su mente. Entonces, miró a Jesse. Aparte de darse los buenos días, como hacían habitualmente, los dos hombres se habían dejado llevar por sus tareas y se habían pasado casi toda la mañana sin intercambiar palabra mientras caminaban juntos hacia los pastos del oeste. Aquel era el lugar que se había elegido para que Dancer pasara su primer día de entera libertad, aunque vigilado estrechamente por guardias, colocados estratégicamente por Jericho Rivers, el sheriff de Belle Terre.

A Jackson le molestaba tener hombres armados merodeando por sus tierras, pero Jericho había insistido. Como amigo y como autoridad local, se temía que el incidente de Dancer era mucho más que un hecho aislado y creía que podía estar relacionado con el fuego que, años atrás, había destruido completamente el primer establo de River Trace.

A pesar de que estaba de acuerdo con la necesidad de tomar precauciones, Jackson odiaba la atmósfera de recelo que se respiraba con aquellos hombres armados. Añoraba la inocencia que había reinado sobre sus tierras desde el fuego, pero no era por complacencia. Esa cualidad no formaba parte de su naturaleza. De hecho, sintiera lo que sintiera, estuviera bien o mal, era siempre de todo corazón. Casi con obstinación.

–Sí –admitió, con un susurro–. Obstinación. Bien y especialmente mal.

–¿Estás hablando solo, muchacho?

–Eso parece –respondió Jackson, bajando la mirada.

–Bueno, pues espero que lo hagas con un poco más de simpatía de lo que lo has hecho con otras personas a las que podría nombrar.

–¿Tan mal he estado?

–Yo diría que sí.

–Sin embargo, tú sigues conmigo. ¿Por qué, Jesse?

–Por dos razones. La primera, es que me necesitas. La segunda, que me imagino que tu locura pasará, al menos en lo que a mí respecta.

–¿Te he dado las gracias por lo que hiciste? ¿Y por quedarte?

–No, pero sospecho que lo harás. Con el tiempo.

Jackson asintió. Efectivamente, le debía a Jesse mucho más que darle las gracias. Fue Jesse al que llamó en primer lugar. Desde que el semental había caído enfermo, el vaquero se había pasado la mayor parte del tiempo en River Trace, tras dejar los caballos de Belle Reve en buenas manos. En aquellos momentos, estaba al lado de Jackson, con el rostro ensombrecido por el ala del sombrero y los brazos apoyados sobre la valla, sin apartar la mirada de los pastos.

–Parece estar muy bien –comentó Jackson, al cabo de un rato.

–Sí –afirmó Jesse, contemplando cómo Dancer cabalgaba por el pasto–. Más alegre que un potrillo, lo que es mucho más de lo que podría decir de ti. Aparte de estar más gruñón que un perro viejo, tienes un aspecto fatal. ¿Sabes una cosa? Para ser un hombre al que una hermosa mujer, que se presentó en menos de lo que canta un gallo, le ha devuelto su sueño, no estás ni la mitad de contento de lo que yo me imaginaría. De hecho, en vez de ser todo sonrisas, como cualquier ser humano esperaría, últimamente tienes más arrugas en la frente que esta valla tablones.

—Veamos si te he entendido, Jesse —comentó Jackson, con cierta ironía—. ¿Qué soy exactamente, un perro viejo o los tablones de una valla? ¿O tal vez es un poco de las dos cosas?

—Ya lo sé —respondió Jesse, sin dejarse llevar por sus palabras—. De hecho, tú mismo me has ayudado a verlo. Por cierto, te has olvidado de que eres tan testarudo como una mula. ¿Qué te pasa, muchacho? ¿Es que no duermes bien últimamente?

—Duermo todo lo que tengo que dormir —contestó Jackson.

Sabía que a Jesse le gustaba husmear. Además, desde que había llegado a Belle Terre, el bienestar de la familia Cade se había convertido en su prioridad. La lealtad de Jesse Lee hacia ellos era incuestionable, por lo que aquel pequeño defecto era un precio insignificante.

—¿Lo que tienes que dormir? ¡Y un cuerno! —exclamó Jesse, mientras arrancaba una astilla de un madero—. A mí no me lo parece. Dentro de otra semana, con esas ojeras que se te van haciendo más negras cada día, va a parecer que has estado en una pelea de bar y que has salido perdiendo. Teniendo en cuenta la seguridad que tenemos en los establos y en los pastos, no entiendo qué es lo que te impide dormir —añadió, un tono de lo más inocente.

—Ya teníamos seguridad antes, no tan estricta, por supuesto, pero era seguridad al fin y al cabo. Supongo que, si no duermo bien, se debe a que me acuerdo cómo se puso Dancer hace unos días —mintió. O casi. Tampoco podía sacarse de los pensamientos los gritos del caballo ni su crítica condición.

Sin embargo, sabía perfectamente que lo que le había estado turbando el sueño había sido Haley Garrett. No podía olvidarse de cómo aquella menuda y hermosa mujer se había agarrado a un animal frenético. Todavía creía escuchar el ruido que había hecho su cuerpo al golpearse contra la pared y al caer al suelo, rodeada por los cascos del enfurecido semental. Todavía le costaba abrir la puerta de la cuadra y siempre se cernía sobre él el miedo de llegar tarde.

Aquella pesadilla le había sobresaltado al principio y luego le había impedido dormir al mezclarse con otro recuerdo. Las imágenes de cuando la había desnudado resultaban demasiado vívidas por la noche y parecían acompañarlo constantemente durante el día. En aquel mismo momento, le parecía sentir la suave piel de Haley contra sus manos. Solo tenía que cerrar los ojos para ver la blancura de su cuerpo, la rotundidad de sus pechos, con pezones delicados y erguidos como rosas a punto de abrir.

En momentos de más lucidez, se preguntaba por qué sus recuerdos lo confundían tanto. Desde la primera vez que la vio, el día que llegó a Belle Terre, había sentido que todas sus hormonas se despertaban. Las campanas de alarma habían empezado a sonar en su interior y supo enseguida que aquella mujer le traería problemas. Problemas con P mayúscula. Desde entonces, cada vez que se habían encontrado, se había comportado con ella de un modo que bordeaba la grosería.

Grosero, cruel, distante... Dado su comportamiento el día del establo, no estaba seguro de que su vocabulario tuviera suficientes palabras para describir el modo en el que trataba a Haley Garrett.

Sin embargo, sus esfuerzos habían sido en vano. Desde el primer momento, por mucho que había tratado de evitarla, fuera donde fuera, no había ocasión en la que no se mencionara a la nueva ayudante de Lincoln. Entonces, se convertía en el tema de la conversación. Aunque Jackson trataba de no escuchar, no podía evitarlo, a pesar de que luego se arrepentía. Cada vez, se aseguraba que lo que sentía solo era la fascinación que acompaña siempre a la aversión. Por mucho que se resistía y luchaba, siempre terminaba por caer.

Haley no era una estúpida, por lo que, incluso en las ocasiones en las que era sutil, no dejaba de comprender su animadversión. Jackson nunca se había mostrado poco caballeroso con una mujer, hasta que conoció a Haley. Ni siquiera los remordimientos de conciencia bastaban para evitar que siguiera con aquella descabellada *vendetta*.

A pesar de su abominable comportamiento, cuando la había necesitado, Haley no había dudado en acudir a ayudarlo. Y, además, había salvado a su caballo, aunque, lo más importante, tal y como Jesse le había señalado, era que había permitido que su sueño siguiera vivo.

La antipatía que siempre había sentido por las mujeres con una profesión era una respuesta aprendida, basada en una única mujer, pero con un lastre de años como para que pudiera cambiar fácilmente. Sin embargo, solo un tonto no se daría cuenta de que había llegado el momento de cambiar de opinión. Y Jackson lo había hecho, al menos en el caso de Haley. Aunque no estaba cambiando, sino simplemente ajustándose, sabía que ella seguiría turbándole en sueños. La esbelta, frágil y casi perfecta Haley... Su almohada siempre llevaría el aroma que ella había dejado allí impregnado. Por mucho que lavara la ropa de cama, en su imaginación siempre tendrían el reflejo de unos mechones tan hermosos como hilos de sol...

Cuando Haley se marchó del rancho, Jackson había creído que el efecto de aquellos recuerdos remitiría. Más tarde, había comprendido que le resultaría imposible escapar. Solo podría tratar de mantener la perspectiva, controlar sus impulsos y coexistir con ella.

Sí. Aquella era la solución. Tal vez si declaraba una tregua con ella, los dos podrían mantener una relación cordial, del tipo de las personas que se encuentran por la calle e intercambian frases de cortesía. Ya no serían enemigos, pero tampoco amigos.

Y nunca, nunca serían amantes. Por mucho que ella despertara sus impulsos... Sin embargo, si Jackson aprendía a controlarse, tal vez podrían convivir.

–... unos momentos muy difíciles.

–¿Qué? ¿Cómo decías? ¿Qué es difícil, Jesse? Sé que si lo intento, lo conseguiré.

–¿Quieres decirme de qué diablos estás hablando?

–Lo siento, Jesse –respondió Jackson, algo avergonzado–. Estaba pensando en otra cosa. Nada importante.

–Pues a juzgar por la reacción que has tenido, dudo que no lo sea.

–Pues yo te aseguro que es así. Ahora, dado que está todo aclarado, ¿te importaría repetirme lo que estabas diciendo?

–¿Qué parte?

–¿Cómo que qué parte? ¿Qué es lo que quieres decir con eso?

–Significa que llevo hablando contigo unos cinco minutos y, si me has escuchado una palabra, me comeré el sombrero.

–¿Con sal y pimienta? –bromeó Jackson.

–No creo que necesite ninguna de las dos cosas, ¿no te parece?

–No.

–Ya lo sabía yo, si estoy en lo cierto al creer adivinar en qué estabas pensando.

–Bueno, ¿por qué no me vuelves a repetir lo que me estabas diciendo? Al menos, la última parte.

–De acuerdo –contestó Jesse–. Decía que Dancer lo ha pasado muy mal, pero que se ha recuperado más rápido que un rayo. Hoy vuelve a ser el mismo animal hermoso de siempre, pero, hace cinco días, no hubiera dado ni un centavo por él.

Efectivamente, habían pasado cinco días. Cinco días y catorce horas, para ser exacto. Para Jackson, casi se había convertido en una obsesión. Habían ido pasando los días desde que Haley había respondido a su llamada y había acudido para hacer lo que ella consideraba su deber. Entonces, como si nada extraordinario hubiera ocurrido, había salido de su vida para turbar sus sueños.

Desde aquella mañana, que era realmente cuando el tiempo había empezado a contar para Jackson, no había tenido noticias de ella. No se había interesado en llamar para ver cómo iba Dancer. Probablemente, Davis Cooper la estaba manteniendo muy ocupada... Coop no había mantenido en secreto que esperaba añadirla a su lista de conquistas.

–Sin embargo, por muy ocupada que esté, uno hubiera creído que...

–¿Qué?

–¿Qué qué?

–¿Qué diablos ibas a decir, Jackson?

–Estaba pensando que resultaba algo extraño que Haley, bueno, la doctora Garrett, no hubiera llamado para ver cómo va Dancer.

–¿Y qué te hace pensar que no lo ha hecho?

–¿Ha llamado? –preguntó Jackson, muy sorprendido.

–Claro. Todos los días. Y algunos, dos veces.

–¿Cuándo ha sido eso? ¿Y por qué no me lo has dicho?

–No creí que te preocupara tanto.

–¡Claro que me preocupa Dancer! ¿Por qué te crees si no que estoy aquí?

–Por supuesto que sé que te preocupas por tu caballo. Cualquiera podría ver fácilmente cuánto. No creo que seas consciente de ello, pero eres como un libro abierto, Jackson. Más transparente que el agua.

–¿Qué diablos quieres decir con eso, Jesse? –preguntó Jackson, que cada vez estaba más irritado–. Además, ¿qué tiene eso que ver con el hecho de que nadie me haya dicho que la doctora Garrett ha estado llamando?

–Dancer está bien. De hecho, mejor que bien. Y no te cae bien esa muchacha, así que, ¿por qué molestarte hablando sobre ella?

–No es una muchacha. Además, ¿qué tiene que ver el hecho de que no me caiga bien con todo esto?

–Nada, pero no creí que te interesara saber algo de ella. Dado que está claro que me equivocaba, deberías saber que la próxima vez que llame, esperamos que...

–¿Esperamos? ¿De quién estás hablando, Jesse?

–La muchacha y yo.

–¿Y esperáis...?

–El resultado del análisis de Dancer.

–Entonces, sabrá lo que le causó ese ataque...

–Tal vez –comentó Jesse, con un gesto de duda en el rostro.

–¿No crees que eso pueda ocurrir?

–Creo que no importa –dijo el vaquero, mirando cómo el caballo trotaba por el pasto–. Me parece que tenemos suerte de que siga vivo.

–No creerás que se puso enfermo por casualidad o por accidente, ¿verdad?

–¿Y tú?

–No –respondió Jackson–. No, no lo creo. Es lo que me gustaría pensar, lo que he intentado creer, pero no lo he logrado. Dancer representa millones de dólares, pero para mí es mucho más importante que es el inicio de una dinastía. Lo que realmente creo es que alguien sabe lo mucho que significa para mí y quiere asegurarse de que esto no ocurra.

–No creo que si lo vuelve a intentar le resulte tan fácil, ahora que el primer intento ha fracasado y tú estás avisado. Y solo hay una persona a la que le debas estar agradecido por eso –le recordó Jesse.

–Haley...

–Has estado muy enojado porque ella no hubiera llamado, pero, ¿se te ha pasado por la cabeza que sería bueno que tú la llamaras a ella? Tal vez deberías disculparte un poco y darle las gracias. Tampoco haría ningún daño que le preguntaras por su espalda. Seguro que ya tiene un buen hematoma.

–Tienes razón –dijo Jackson. Tal vez era bueno que no hubiera hablado con ella ni que supiera que había llamado. Aquella pequeña negligencia le daría la excusa perfecta para poder interesarse por ella–. Sin embargo, mejor que llamarla por teléfono, iré a verla.

–¿Sin avisarla antes?

–Claro –respondió Jackson. Estaba seguro de que, por mucho que le sorprendiera su visita, nunca le pediría que se marchara.

–Jackson –le dijo Jesse, antes de que su joven amigo se marchara para elegir el atuendo más apropiado para ir a ver a una dama.

–No tengo tiempo Jesse. Voy a Belle Terre.

–No creo que eso de ir a verla sin llamarla sea una buena idea.

–Te equivocas, Jesse. Creo que es la mejor idea que he tenido en los últimos días. No tengo tiempo de discutir contigo. Hasta luego –añadió antes de marcharse.

Jesse contempló cómo se alejaba en dirección hacia la casa, con un gesto de preocupación en los labios.

–Eso es una tontería. Presentarse sin avisar en casa de una hermosa mujer podría significar que el resto de la ciudad no está tan ciego como Jackson Cade.

Jesse miró al sol, para calcular la hora. Entonces, se echó a reír. Mientras Dancer se acercaba a la valla para golpearle suavemente en el hombro, el vaquero soltó una carcajada.

–Pensándolo bien, tal vez descubrir que la doctora es muy popular con el resto de la población masculina de Belle Terre sea justamente lo que ese calavera necesita.

Como si quisiera responder a la voz de su cuidador, Dancer agitó la cabeza y relinchó. Aquello hizo que Jesse riera aún con más ganas.

–¡Eso es exactamente lo que yo había pensado, amigo! –exclamó.

Jackson estaba frente a la puerta del jardín. Llevaba allí cinco minutos. Llamar al timbre de la casa que Lincoln le había cedido a Haley Garrett debería ser un gesto sencillo. O, al menos, eso era lo que él había creído. Sin embargo, resultó que no era mucho más fácil que decidir lo que ponerse para ir a verla. Al final, había elegido un par de pantalones color caqui y la camisa verde oscura que ella se había puesto la noche que había dormido en su cama. Había pensado que, tal vez, aquella prenda le podría facilitar la situación. Tal vez si se acordaba que se había levantado sin nada más que aquella camisa y unas braguitas, se sentiría tan incómoda que accedería a lo que él iba a proponerle inmediatamente.

Aquello le había dado confianza en el trayecto desde el rancho hasta la ciudad, pero, al sentir que había llegado el momento de la verdad, no sabía qué hacer. Por primera vez en su vida, no se sentía seguro de nada.

—Eh, señor —le dijo la voz de un niño—. ¿Va a llamar al timbre o no?

Jackson se dio la vuelta y descubrió a un niño vestido con unos raídos vaqueros y una sucia camisa. Seguramente era hijo de una de las mujerzuelas que trabajaban en el muelle.

—No se preocupe. Seguro que no le muerde. Es una mujer muy simpática —insistió el pequeño—. Usted debe de ser nuevo. Nunca le he visto antes.

—¿Nuevo? —preguntó Jackson, asombrado.

—Sí —respondió el niño, mientras se montaba en una oxidada bicicleta—. Iba a preguntarle si le podía hacer algún recado, pero, dado que está esperando compañía, vendré más tarde.

Antes de que Jackson pudiera volver a preguntar, el muchacho se marchó.

Sin poder retrasarlo más, Jackson tocó el timbre.

—Hola. Llegas temprano —dijo la voz de Haley, a través del telefonillo—. No importa. Entra. La verja está abierta. Si quieres, puedes tomarte una copa de vino en el jardín mientras yo termino de preparar la cena.

Jackson empujó la verja. Como conocía la casa, Jackson no necesitó más instrucciones. Se preguntó si Jesse se habría tomado la libertad de llamarla para avisarla de que él iba a ir a verla. Rápidamente, se dirigió a la puerta principal. Entonces, siguiendo las instrucciones del pequeño truhán, llamó al timbre.

Estaba admirando el jardín, cuando la puerta se abrió.

–¿Jackson? –preguntó ella, asombrada.

–¿Estabas esperando a otra persona?

–Sí, de hecho, así era.

Jackson se sentía como un estúpido, con un ramo de flores en la espalda. Jesse no la había llamado y Haley no le había estado esperando a él, sino a uno de los hombres de los que había hablado aquel mocoso.

–Lo siento. No debería haber venido sin avisar antes. No creí que... Es viernes. Debería haberme imaginado que tendrías una cita. Me marcharé antes de que llegue –añadió, mientras se disponía a bajar de nuevo las escaleras, con el ramo de flores todavía en la mano–. La próxima vez, llamaré primero.

–Jackson... No te vayas...

–Esto ha sido una mala idea –dijo él. Tras considerar un momento lo que ella le había dicho, siguió bajando.

–Por favor, quédate.

Jackson se dio la vuelta. Quería ver su rostro, oír de nuevo aquella agradable voz.

–¿Estás segura de que no me estaré entrometiendo?

–Claro que no.

Salió por la puerta y se acercó a la barandilla del porche. Llevaba un vestido dorado, como su cabello. Jackson se alegró de ver que no se había soltado el cabello para su invitado. Recordó el seductor momento en que le había ido quitando las horquillas, antes de que aquel glorioso cabello cayera como una catarata bañada de sol sobre sus hombros...

–Podrías quedarte a cenar. A Yancey no le importaría.

–¡Yancey! ¿Te refieres a Yancey Hamilton?

–¿Es que hay más de un Yancey en Belle Terre? –preguntó ella, riendo.

–Espero que no. Es decir, con uno es más que suficiente –replicó Jackson. ¡Dios santo! Y él que se había preocupado por Davis Cooper...

–¿Es que Yancey no te cae simpático? Pensé que era muy buen amigo de los Cade.

–Así era... Bueno, quiero decir que así es –comentó Jackson, a pesar de que no olvidaba de la habilidad de Yancey para coleccionar mujeres y seducirlas.

¿Podría seducir a Haley? De algún modo pensaba impedirlo.

–De acuerdo –añadió, de repente–. Si no te importa, me quedaré.

–Claro que no me importa, Jackson. Si me importara, no te lo habría pedido. Ponte cómo y tómate una copa de vino. Yo colocaré otro plato sobre la mesa y luego charlaremos hasta que llegue Yancey. ¿Son para mí? –preguntó Haley, señalando las flores. Jackson solo pudo asentir–. ¿Por qué?

–Quiero que hagamos las paces...

Aquella vez, le tocó esperar a él mientras Haley le recorría el rostro con los ojos, como si pudiera leer allí la verdad que él no se atrevía a decir. Después de un momento, extendió la mano y aceptó las flores. Entonces, se las llevó al rostro y se acarició la mejilla con sus pétalos.

Haley levantó la mirada, con unos ojos tan azules como el mar. Entonces, sonrió y susurró suavemente:

–De acuerdo.

Se firmó una tregua con dos únicas palabras, después de todo lo que él le había hecho y dicho.

Capítulo Cuatro

–Entra, Jackson. Por favor.

Haley lo acompañó al interior de la casa, como si él fuera todos los días a verla. Durante un momento, se detuvo en el recibidor, observando los cambios que ella había realizado en la casa de Lincoln. Había añadido comodidades modernas con un elegante toque femenino.

Sobre el sofá del salón, había un libro, como si Haley hubiera estado leyendo cuando él llegó. Sin poder evitarlo, Jackson acarició suavemente el canto del libro para ver el título.

–*Claroscuro* –dijo, leyendo las letras–. *Luces y sombras de Belle Terre.*

–¡Vaya! –exclamó ella, riendo–. Llevas aquí menos de dos minutos y ya has descubierto una de mis pasiones secretas.

–Cuatro –replicó Jackson, todavía asombrado con la bienvenida que ella le había dado–. Que lees, que te gustan las casas antiguas y los jardines y que te gusta el libro de mi hermano Adams.

Había muchos más secretos que le gustaría descubrir sobre Haley Garrett, pasiones que conocería si aquello resultaba ser algo más que una relación superficial.

Cuando ella se acercó, Jackson pudo oler un suave perfume. Marcó la página que había estado leyendo hasta entonces y cerró el libro antes de dejarlo al un lado. Sin querer, tocó suavemente la ca-

47

misa de Jackson, y él no pudo evitar preguntarse si recordaría que aquella era la que le había prestado. Si sabía de qué camisa se trataba, el recuerdo no parecía molestarla, ya que su mirada permaneció tranquila, como siempre.

–Me ha gustado mucho el libro y lo he puesto en práctica. Lincoln me sugirió que lo leyera cuando descubrió que yo tenía miedo de estropear la casa al intentar decorarla a mi gusto. Me aseguró que podría hacer lo que yo quisiera, pero, que, como inquilina, no podría realizar los cambios sin conocer la historia de este lugar. Es una casa preciosa, demasiado como para que se la estropee por ignorancia.

Haley se acercó a un aparador y sacó una botella de vino. Entonces, llenó dos copas y le entregó una a él. Invitó a Jackson a que se sentara en el sofá y luego tomó asiento al lado de él.

–Adams es muy bueno a la hora de describir y explicar el estilo y la arquitectura de estas viejas casas sureñas. Escribe con un amor que solo se ve igualado por su capacidad para la descripción. Algunas veces, me siento como si de verdad estuviera recorriendo las habitaciones que él describe. Pinta cuadros con palabras con tanta habilidad como Jefferson los pinta con óleo y lienzo. Hasta que leí su libro, nunca me había dado cuenta de que el claroscuro y su fascinante aura contribuían tanto a la apariencia de esta ciudad y de sus casas. Más que comprenderlo, Adams hizo que lo viera.

Jackson la contempló mientras tomaba un sorbo de la copa de vino. Sin que ella se hubiera dado cuenta, había ido dejando de lado la imagen de mujer fría y ambiciosa, solo preocupada por su profesión. A cada momento que pasaba, descubría a una Haley Garrett con una multitud de facetas, con muchos talentos y una miríada de intereses.

Se notaba que era una mujer que había viajado mucho, por lo que Jackson no pudo evitar preguntarse qué sería lo que la habría llevado a Belle Terre. ¿Qué tendría que ofrecerle una ciudad tan pequeña del encantador y pomposo sur?

Al principio, había sospechado que había sido Lincoln el que la había atraído hasta allí. Más de una vez, se había preguntado si Haley estaría enamorada de su hermano. En aquellos momentos, se dio cuenta de lo estúpido que era aquel pensamiento. Si Haley deseaba a Lincoln, ¿por qué iba a haber esperado a que él estuviera felizmente casado para acercarse a él?

¿Cuántos años tendría? ¿Treinta y uno? ¿Treinta y dos? Lincoln solo había dicho que era más joven que él. Era una mujer muy inteligente, que había estudiado en muchas escuelas europeas, algunas de ellas privadas y muy elitistas. Lincoln y ella se habían conocido en la facultad de veterinaria y, aunque eran compañeros de clase, Haley era más joven. ¿Cuánto más?

Jackson la miró fijamente. En cierto modo, parecía una adolescente madura, una de esas jovencitas que sabían lo que eran y lo que querían. Sin embargo, se comportaba como una mujer madura, inteligente. Y muy hermosa.

No, hermosa no era la palabra. Arrebatadora. Solo tenía que entrar en una habitación para que todas las conversaciones se detuvieran y las cabezas se volvieran a mirarla.

¿Lo sabría? Para su sorpresa, Jackson había empezado a sospechar que no era así, que ni siquiera lo creería si él se lo decía.

No, no lo confesaría nunca. No podía decirle lo seductora que le había resultado con aquel vestido negro. Un sensual atuendo, guantes de cuero, botas y un valor que casi le había vuelto loco. A pesar de la terrible situación de su caballo, de que Jesse estaba con ellos, solo había querido tomarla entre sus brazos, besarla, tumbarse con ella en la cama y hacerle el amor. La había deseado tanto...

Durante semanas, no, meses, se había esforzado por sentir antipatía por ella. ¿Poco razonable? Tal vez. Sin embargo, justo cuando creía que había triunfado, que la opinión que tenía sobre ella se había endurecido más allá de la duda, Haley había entrado en su establo y todos sus esfuerzos se habían esfumado. Si no hubiera sido por Jesse y Dancer, podría haber hecho el ridículo allí mismo. Más tarde, en su dormitorio, a no ser por el dolor y la inconsciencia que ella sufría, se habría dejado llevar por sus instintos.

–¿Jackson? –dijo Haley, sacándole de su ensoñación–. ¿Te ocurre algo?

–No –respondió él, consciente de que había estado mirándola–. ¿Por qué me lo preguntas? –añadió, tratando de disimular.

–Me estabas mirando muy fijamente. Además, fruncías el ceño como si estuvieras enfadado.

–No estoy enfadado, Haley. Además, aunque lo estuviera, te aseguro que no es contigo.

–Oh...

Jackson esperó a que ella siguiera hablando, pero Haley guardó silencio. El único sonido que se escuchaba provenía de un pajarillo que chapoteaba en la fuente. Con el calor del verano, a pesar de que los días se iban deslizando poco a poco hasta el otoño, el jardín estaba frondoso, con ramas en diferentes tonos de verde, cuyos ricos tonos contrastaban con las sombras que el atardecer iba creando.

–Luz y sombra –comentó Jackson–. A veces, una fuente de belleza.

–Es el claroscuro –dijo ella, al tiempo que asentía con la cabeza–. *Chiaroscuro* en italiano.

–¿Hablas ese idioma?

–¿Italiano? Sí, un poco. Al menos reconozco algunas palabras. Viví en Italia, aunque poco tiempo, muy poco, cuando era una niña.

–¿Fue uno de los destinos de tu padre? –quiso saber Jackson, que sabía que su padre había formado parte del cuerpo diplomático.

–En realidad, fue el lugar en el que eligió vivir mi madre cuando mi padre fue asignado a la embajada de un país al que ella no podía ir. Yo era demasiado joven para entender por qué.

–¿Ocurría eso con frecuencia?

–No, al menos en lo que se refería a mi madre. Eran más frecuentes las veces en las que mis padres creían que un destino en concreto no era adecuado para mi hermano o para mí.

–¿Tu hermano? –preguntó Jackson, muy sorprendido. Nadie, ni siquiera Lincoln, le había comentado que Haley tuviera un hermano.

–Sammy –dijo ella, con una mezcla de sentimiento que Jackson no pudo comprender del todo–. Como ahora ya es mayor, solo su familia lo sigue llamando Sammy, aunque solo en ocasiones. Para el resto del mundo, es Samuel Ethan Garrett. O solo Ethan.

–¿Ethan Garrett? ¿El experto en incendios de pozos de petróleo?

–Entre otras cosas que explotan. Le encanta el peligro y el desafío. Cualquier desafío. En cualquier parte. Nosotros nos preocupamos y Sammy, no Ethan... Ethan goza.

–¿Dónde está ahora? –inquirió Jackson, tras dejar la copa de vino. Estaba demasiado centrado en Haley como para beber–. ¿Lo sabes?

–Va donde se le necesita, por el tiempo que se le necesita. Mis padres y yo solemos enterarnos de dónde ha estado, más que de dónde está o de dónde va a ir. Mi padre está ahora en el Pentágono y viven en Virginia. Yo vivía cerca de ellos antes de venir a Belle Terre.

–¿Y por qué decidiste venir aquí, Haley?

–Por varias razones –susurró ella, tras exhalar un suspiro–. Una era que quería trabajar con Lincoln. Debes de saber que es uno de los veterinarios más brillantes.

–Lo sé. ¿Cuáles eran las otras razones?

–Quería tener un hogar, un verdadero hogar en una zona tranquila. De todos los lugares en los que había vivido, Belle Terre era mi favorito.

Aquello sorprendió a Jackson. No recordaba que Haley hubiera vivido allí con anterioridad. Seguramente, sus vidas se habrían cruzado en algún momento, en el instituto, en las ocasiones sociales... Sin embargo, estaba seguro de una cosa. Haley era una chica que no podría haber olvidado fácilmente.

–¡Dios santo! –exclamó ella, de repente–. Fuiste tú el que vino a hablar conmigo y no he parado desde que llegaste. Voy a ver cómo va la cena –añadió, poniéndose de pie–. Tómate otra copa de vino y, cuando regrese, te toca a ti.

Jackson se puso también de pie y tomó su copa. Sentía que aquel había sido casi un modo de escapar para Haley, como si no quisiera hablar de aquel tema. Atónito, observó cómo se movía. Una larga falda se le ceñía a sus estrechas caderas, para adornarse con un dobladillo justo por encima de los tobillos. Llevaba una blusa ajustada, que destacaba sus hermosos senos. Hombros y brazos estaban al descubierto, pero no se venían los hematomas del golpe.

Ni las cicatrices.

Las cicatrices estaban en un lugar más íntimo y, por ello, resultaban más crueles. Jackson recordó el horror de cada una de ellas como si pudiera verlas en aquellos instantes. Eran cinco círculos lívidos, colocados como si hubieran sido los pétalos de una obscena flor, por debajo de la cadera izquierda. Casi no habían resultado visibles por encima del elástico de las braguitas que llevaba puestas la noche en la que había ido a atender a Dancer. Sin embargo, Jackson no había podido olvidarlas.

Cinco cicatrices. Evidentemente, eran quemaduras de cigarrillo, que constituían un sacrilegio contra aquella piel tan blanca. De cualquier piel.

Sabía sin duda alguna que no habían sido causadas por ningún accidente. Jackson se preguntó si serían una de las razones que la habían llevado a Belle Terre. Una marca, realizada por un hombre cruel y sádico...

Jackson oyó que se partía el tallo de la copa de vino entre sus dedos. Sintió cómo un trozo de cristal se le clavaba en la piel antes de la sangre, aunque no era nada grave.

–¿Jackson? –preguntó Haley, apareciendo de pronto en la cocina–. ¿Qué ha sido eso?

–Es que soy muy torpe y te he roto la copa. Tengo algunas de la misma clase en River Trace, así que te traeré una para reemplazarla.

–¿Estás herido? –quiso saber ella, acercándose a él rápidamente y tomándole la mano entre las suyas–. Lo siento. Esa copa era muy antigua y demasiado frágil como para utilizarla, pero era tan bonita... Ahora, mira lo que he conseguido.

Haley lo miró de un modo que le detuvo el corazón. Jackson pudo ver en aquella mirada la compasión que sentía por todas las criaturas heridas. En aquel momento, supo que si el hombre que la había marcado de aquel modo volvía a tocarla, no dudaría en matarlo. Todavía no sabía quién había sido aquel hombre, pero lo sabría.

–No es nada, Duquesa. He tenido heridas peores.

Duquesa. El nombre que había empezado a utilizar como un insulto se había convertido en apodo cariñoso hacia ella. De repente, Jackson sintió que debía marcharse. Ir a casa de Haley había sido un error. Resultaría imposible una tregua entre ellos.

–Tengo que irme. He interrumpido tu velada –susurró, antes de retroceder precipitadamente hacia la puerta. Allí, Haley lo detuvo.

–Has venido a hablar, Jackson. Hazlo antes de marcharte.

–No es nada. Solo quería disculparme...

–En ese caso, gracias.

–¿Eso es todo? –preguntó él, incrédulo, sin poder creer que con aquello le bastara–. ¿Eso es todo lo que quieres de mí? ¿Todo lo que esperas?

–¿Y qué derecho tengo a esperar más, Jackson? Gran parte de lo que sentimos está basado en el instinto, no en el pensamiento consciente. No está completamente en nuestro poder decidir por qué persona sentiremos aprecio y por cuál desprecio. Dado que los dos vivimos aquí y que, evidentemente, nuestros caminos seguirán cruzándose, había esperado que si alguna vez llegabas a conocerme un poco, tal vez me apreciarías más. Si eso fracasaba, esperaba al menos ganarme tu respeto por mi trabajo, aunque no fuera por mí misma. Que tu estés aquí ahora, esforzándote, debe de ser muy difícil para ti, por lo que tengo la esperanza de haber tenido éxito al menos en el último punto. Me hubiera gustado conseguir más –añadió, con una sonrisa resignada–, pero, a pesar de todo, estoy agradecida por esto. Por el día de hoy.

–¡Agradecida! –exclamó Jackson. Había temido ver odio en los ojos de Haley. Le habría resultado más fácil si hubiera sido así. ¿Cómo podía resistirse uno a la amabilidad y a la compasión? ¿Cómo se podría resistir a Haley?–. Mi actitud tiene menos que ver contigo que conmigo. Fue solo que... ¡Ah, maldita sea, Duquesa! Ni siquiera estoy seguro de comprenderlo yo mismo.

Jackson abrió la puerta. Le pareció que, la copa que había dejado hecha añicos sobre la mesa no estaba tan destrozada como la propia Haley.

Había ido a ofrecerle la paz y ella lo había llevado un paso más allá. ¿Por qué? ¿Por qué no lo había tratado como si fuera un imbécil? ¿Qué había visto en él que se merecía la más mínima ternura? Haley no era ni una estúpida ni una mujer débil. Lo que le había ofrecido provenía del corazón...

¿Por qué una mujer que tenía tanto que ofrecer al hombre adecuado iba a molestarse por alguien que se había comportado con ella como un canalla?

Haley no hizo preguntas. Como tenía bastantes secretos propios, respetaría los de Jackson. Sin embargo, él no podía marcharse sin darle una explicación, aunque no fuera completa.

–Haley... Solo quiero que comprendas que soy yo... yo soy el culpable de cada insulto, de cada frase que te he dicho. Yo, y no tú. Te lo juro. Te respeto a ti y a tu trabajo. Nunca he conocido a una mujer que tenga tu valor y tu compasión. Y dudo que la conozca en el futuro.

Haley no sonrió, pero Jackson vio que le habían gustado sus palabras. Al ver su dulce mirada, Jackson quiso tomarla entre sus brazos, acariciarla y despertar en ella le necesidad de un placer diferente y más intenso. Por su parte, él quería que unas dulces manos la tocaran, anhelaba sus besos...

Deseaba a Haley Garrett. Lo entendió en aquel mismo momento. Sin embargo, sabía que no podía tenerla porque no podía estar seguro de que volviera a hacerle daño. Además, al recordar aquellas cinco cicatrices, supo que ya había sufrido demasiado.

Por los pecados de otro hombre y por los suyos propios, nunca sabría lo que era hacerle el amor a la única mujer que había conseguido derrotar sus defensas y acariciarle el corazón.

No la amaba. Todavía no. El amor necesitaba cariño y contacto. No obstante, le dolía mucho dejarla, pero sabía que debía hacerlo antes de cometer una equivocación peor de la que había hecho entonces.

–Te debo mucho más de lo que podré decir nunca –susurró–, pero no podemos ser amigos. Estoy segura de que lo sabes, Duquesa.

Haley permaneció inmóvil. Entonces, Jackson vio como una luz se apagaba en sus ojos y cómo erguía un poco la cabeza, solo lo suficiente para encontrar su orgullo, su valentía.

–No, Jackson, no lo sé. Ni lo comprendo, pero lo intentaré. No te evitaré ni huiré de ti –añadió–, pero haré todo lo posible porque nuestros caminos jamás vuelvan a cruzarse.

–Si tienes problemas... si me necesitas para algo –dijo Jackson, sin poder evitarlo–, solo tienes que silbar –añadió, tratando de esbozar una sonrisa–, y vendré enseguida. En cualquiera momento. En cualquier lugar.

–Gracias, pero yo nunca podría pedirte ayuda, Jackson. Ya has hecho más que suficiente.

Él trató de encontrar ironía en aquellas palabras, pero no pudo encontrarla. Había querido decir exactamente lo que había dicho. Confuso, Jackson se dio la vuelta para marcharse, pero, una vez más, le resultó imposible.

–Lo siento, Duquesa. Ojalá pudiera ser diferente...

–Yo también, Jackson...

Rápidamente, salió de la casa. Ya había anochecido, pero Jackson no veía nada. Solo sentía un vacío más profundo y más oscuro en su interior que cualquier noche. De nuevo, la había hecho daño intencionadamente, cuando había ido para hacer las paces con ella.

Como iba con la cabeza baja, no se dio cuenta de que no estaba solo hasta que unas manos lo agarraron por los hombros.

–¡Vaya, Jackson! ¿Dónde está el fuego?

–Yancey... ¿Qué estás haciendo aquí? –preguntó, a pesar de que sabía bien la respuesta.

–Lo mismo que tú, supongo. Vengo a visitar a la mujer más hermosa de Belle Terre. Bueno, teniendo en cuenta a tus cuñadas, tal vez debería decir a la mujer soltera más hermosa de Belle Terre. ¿Qué es lo que te pasa?

–No seas ridículo. A mí no me pasa nada.

–Tal vez no –replicó Yancey, estudiándole atentamente el rostro–, pero pareces estar contrariado. No te habrás estado peleando con Haley, ¿verdad? –añadió, dejando caer las manos que había colocado sobre los hombros de Jackson.

–Claro que no.

–Si estoy en lo cierto, vuestra relación no ha sido exactamente amistosa hasta ahora. Me gustaría que me dijeras por qué has venido a verla en primer lugar y, en segundo, por qué te marchas de aquí como alma que lleva el diablo.

–No me marcho de ninguna manera –le espetó Jackson–. Y para que te entre en tu dura mollera, Yancey Hamilton, te repito que, aunque no nos hemos mostrado muy amigables hasta ahora, no nos hemos estado peleando. No es asunto tuyo, pero he venido a darle las gracias a Haley y a hacer las paces con ella.

–Hmm... Si esto es hacer las paces, ¿quieres decirme por qué me parece más bien una pelea de enamorados?

–No se trata de nada de eso –replicó Jackson.

–A mí no me puedes engañar.

–¡Maldita sea, Yancey! Haley me hizo un favor. Yo me comporté como un estúpido. He venido a disculparme. Eso es todo.

–Mmm

–Deja de decir eso. Anda, vete a cenar antes de que se te enfríe –bromeó, señalando la casa.

–Eso no me preocupa, Jackson –dijo Yancey, con una sonrisa en los labios–. Ni en lo más mínimo. Haley es estupenda para calentar las cosas...

–¿Que ella qué?

–He dicho que Haley es estupenda para...

–No importa –dijo Jackson, interrumpiéndole–. Te he oído.

–Entonces, si ya te marchas, te deseo buenas noches.

–Sí, buenas noches.

Yancey siguió avanzando por el sendero hacia Haley, que le esperaba en el porche de la casa.

–¿Yancey? –dijo Jackson, sin poder evitarlo.

–¿Sí? –respondió él, acercándose de nuevo al primero.

–No sé lo que hay entre vosotros y no es asunto mío, pero no le hagas daño. Ya ha sufrido bastante.

–Lo sé –replicó Yancey–. Lo último que haría sería hacerle daño a Haley.

Jackson se quedó inmóvil, durante un momento, preguntándose qué era lo que sabría el seductor de Belle Terre. Al ver que Yancey no decía nada más, Jackson se sintió como un estúpido al estar allí parado, entre dos amigos, tal vez dos amantes, y se marchó.

Yancey lo observó durante un segundo más y luego se acercó rápidamente al porche.

–¿Tienes noticias de Ethan, Yancey? –le preguntó Haley.

–Sí, cielo. Y me temo que no son buenas...

Desde la verja del jardín, Jackson se dio la vuelta y miró hacia el porche. Allí, vio cómo Yancey tomaba a Haley entre sus brazos. Los observó mientras lo pudo soportar. Entonces, tristemente, salió del jardín, cerró la verja y se marchó.

Capítulo Cinco

Haley dobló los vaqueros y la camisa. Las había lavado y planchado y llevaban guardadas casi una semana. Cada vez que las veía, lo único que podía hacer era desdoblarlas y volverlas a doblar.

Eran las ropas de Merrie Alexandre, las ropas que se había puesto después de que su vestido se estropeara la noche en que fue a River Trace. Aunque Jackson le había asegurado de que Merrie tenía más ropa en el rancho, no había razón para quedárselas tanto tiempo.

No tenía ni idea de dónde vivía Merrie y su nombre no aparecía en la guía telefónica. Eden, por supuesto, le podría haber resuelto fácilmente el dilema. Estaba segura de que la esposa de Adams había estado encantada de poder devolverle sus prendas a la joven.

–Igual que Lincoln, que ya está de vuelta en la granja.

Se levantó de la cama y se dirigió hacia la ventana para contemplar la ciudad. A su vuelta, Lincoln había insistido en que se tomara un día libre para descansar por el trabajo extra que le había supuesto encargarse ella sola de la consulta mientras él asistía a un seminario.

En realidad, aquello era mentira. En los meses que llevaba en Belle Terre, se había quedado sola al frente de la consulta en otras ocasiones, como cuando Linsey Stuart y su hijito habían regresado y habían puesto la vida del pragmático Lincoln patas arriba.

Meses después, era Haley la que estaba pasando por un mal momento. No había tardado mucho en darse cuenta de que resultaba más difícil encargarse de la clínica cuando se pasaba las noches en vela preocupándose por dos hombres: Ethan y Jackson.

Aquellos dos hombres significaban mucho para ella y eran capaces de distraerla más que ninguna otra cosa en el mundo. Eran dos hombres muy diferentes. Yancey y ella habían hablado de ambos durante y después de la cena que habían compartido unos días antes.

Del primero y más importante, Ethan, Yancey solo había hablado breve y negativamente. Del segundo, habían hablado durante horas. Haley había conseguido así ver una nueva perspectiva del condado y de la ciudad de Belle Terre a través de su más desconcertante ciudadano.

A pesar de que habían hablado muy poco de Ethan, al menos tenía noticias suyas. Aquello era mucho mejor que el silencio que había sufrido desde que los misteriosos contactos de Yancey habían sabido, a través de otras fuentes no menos misteriosas, que Ethan andaba por algún lugar de la selva de América del Sur y que estaba huyendo del cartel de drogas que querían que se les sirviera su cabeza en una bandeja.

En el mensaje que Ethan había conseguido hacer llegar directamente a las manos de Yancey, aunque con un mes de retraso, decía que se había roto un brazo y le pedía a Haley que no se lo dijera a sus padres ni que se preocupara. Terminaba asegurándole que volvería a casa muy pronto...

¿Cuántas veces había escuchado Haley aquellas palabras? ¿Cuántos huesos rotos, cuántas heridas, quemaduras y balazos había tenido su hermano? Y siempre, cada una de aquellas veces, le había dicho que no se preocupara por él...

El mensaje que Yancey le había entregado personalmente unas pocas noches atrás estaba redactado en los mismos términos. Al recordar las palabras, Haley se juró que no lloraría por su insufrible e insoportable hermano.

—No lloraré, Ethan... No lo haré... Ni por ti ni por...

Aquel era su segundo problema. El segundo hombre que le hacía pasar las noches en vela. Jackson Cade.

Había tratado de no pensar en él. Entonces, cuando Jackson se le había colado en los pensamientos contra su voluntad, había decidido recordar solo la ira, los insultos que le había dedicado. Sin embargo, no resultaba fácil evitar recordar otra imagen de su inesperada venganza. Ni la imagen de Jackson cuando tenía diecisiete años. Fuerte, guapo, con su cabello castaño y sus ojos azules...

Había bailado con ella, con la joven recién llegada al instituto, cuando ningún otro chico quería hacerlo. Recordaba que había cruzado la pista de baile como un galante caballero, muy elegante con un esmoquin negro. Cuando se detuvo delante de ella, Haley había estado segura de que se había tratado de una broma cruel. Entonces, le había hecho una reverencia y le había ofrecido una rosa, una rosa que ella seguía teniendo, antes de llevarla a la pista de baile.

Juntos, habían bailado un vals y luego una pieza con más ritmo. Siempre la había mirado a los ojos y le había hecho sentir como si fuera la joven más hermosa de aquella sala. Sin embargo, había hecho mucho más que eso. Había hablado con ella, la había escuchado...

Cuando la velada casi había terminado, Jackson no se había marchado rápidamente. En vez de eso, le había colocado un dedo bajo la barbilla y le había hecho que levantara los ojos para mirarla. Entonces, había hablado.

–Tienes que demostrárselo. Si no crees en ti misma, nadie más creerá en ti.

Jackson Cade, el joven filósofo. Nunca le había preguntado su nombre. Todo el mundo lo conocía. Haley se había sentido simplemente como otra más de las chicas de Jackson, como su buena obra de aquella noche... Y, efectivamente, tal y como había llegado, se había marchado, sin mirar atrás. Y, evidentemente, la había olvidado por completo. Sin embargo, ella jamás había podido olvidarlo.

Aquella velada había sido una de las últimas que había pasado en Belle Terre, aunque, en general, no había pasado mucho tiempo en la ciudad. Sin embargo, había llevado el recuerdo de la ciudad y de aquel muchacho desde entonces. Solo por aquel regalo, había podido perdonar sus cambios de ánimo, había esperado que, con el tiempo, su actitud se hiciera más amable hacia ella.

–¿Más amable? –exclamó Haley, soltando una carcajada–. ¿En qué diablos estoy pensando? ¿Jackson Cade más amable conmigo? ¡Nunca!

Mucho tiempo atrás había decidido que él había nacido rebelde, viviría como un rebelde y moriría como tal. Si volvía a enamorarse de él como lo había hecho cuando Jackson tenía diecisiete años y ella quince, tendría que aprender a superarlo, a combatir el fuego con fuego.

No obstante, la noche que había ido a visitarla, había creído ver algo nuevo en sus ojos, algo que la emocionó como nada que hubiera visto jamás. Aquella mirada le había hecho creer que la mujer que domara a aquel rebelde sería amaba como muy pocas mujeres lo habían sido nunca. Había sido un algo, maravilloso e imposible de definir que le decía que ella podría ser esa mujer.

–¿Será eso? –musitó, mientras contemplaba el jardín–. ¿Está Yancey en lo cierto? ¿Es ese el problema que tienes conmigo, Jackson Cade? ¿Supongo yo una amenaza para tu ordenada existencia? ¿Es la respuesta la mirada que vi en tus ojos?

Aquella última pregunta le recordó que solo había una manera de tener respuesta a todas ellas. Solo una persona tenía la clave.

–Solo una –murmuró–. Y vive en River Trace.

Se dio la vuelta y fue a mirarse en un espejo de cuerpo entero. Incluso en su día libre, por costumbre, se había vestido para ir a trabajar. Botas, vaqueros, una camisa, cinturón de cuero y chaleco, con una trenza en el pelo.

Su atuendo era perfecto para realizar una visita a un rancho. De repente, sus mejillas y sus ojos se iluminaron de anticipación.

–Esto es ridículo, Haley Garrett. Estás poniendo tu vida en peligro... Y tal vez también la de él... ¿Y qué? –añadió–. ¿En qué mejores manos podría estar? Especialmente, cuando un hombre no quiere saber que la mujer más adecuada para él está delante de sus narices.

Se estudió más detenidamente y recordó que había sufrido mucho, pero que se había convertido en una mujer más fuerte. «¿Y si vuelvo a sufrir de nuevo?», se preguntó.

–Sobrevivirás, Haley –se dijo–. Como antes, seguirás adelante con tu vida y, por muy fuerte que resulte el dolor, nunca te lamentarás por no haber aprovechado tus oportunidades y haber perdido el amor.

Se acercó de nuevo al armario y sacó una pequeña bolsa de lona. Entonces, metió las ropas de Merrie en su interior. Ya estaba lista para marcharse.

Tras mirarse una vez más en el espejo, se detuvo, algo pensativa. Entonces, se desabrochó dos botones de la camisa y sonrió.

–El que nada arriesga, nada gana, pero solo un idiota va a la batalla sin armamento. Prepárate para la guerra, para combatir el fuego con fuego, Jackson. Fuego con fuego. Un corazón débil nunca puede ganar a un noble caballero...

Haley reía. Si no hubiera sido por Ethan, el dolor que hacía que sus noches pasaran en blanco se habría disipado cuando salió de su casa.

Después de días de sueños y vacilaciones, la indecisión de Haley había terminado. Sin embargo, el trayecto a River Trace parecía interminable. Cuando llegó, dejó su furgoneta al lado del establo y se detuvo lo suficiente como para preguntarse dónde podría estar Jackson. Entonces, decidió que, tarde o temprano se encontrarían y entró al establo.

—¡Vaya! Buenos días, doctora —exclamó Jesse, al verla.

—Buenos días, Jesse, al menos por ahora.

—¿Qué pasa? ¿Es que espera que haya fuegos artificiales?

—¿Tú qué crees? —replicó ella.

Jesse sonrió y, tras dejar un cubo sobre el suelo, se acercó a ella.

—¿Qué le ha traído a River Trace en este día tan hermoso?

—Solo he venido para devolver unas prendas que tomé prestadas. Ya las he tenido demasiado tiempo. Merrie debe de estar pensando que he huido con ellas.

—A mí me parece que es usted lo suficientemente lista como para saber que las ropas de Merrie son la menor de sus preocupaciones.

—¿Preocupaciones? ¿Quién? ¿Yo? —preguntó ella, fingiendo inocencia.

Jesse asintió.

—Entonces, eso me lleva a suponer que, ha venido preparada para cazar un oso. O un hombre de mucho temperamento.

–Algo parecido –respondió ella–. Mientras tanto, me gustaría ver a mi paciente.

–Por supuesto. No se va a creer lo bien que está Dancer, considerando lo que le dieron –dijo Jesse, recordando la mezcla de sustancias que se le había administrado al semental.

A todos los que lo escuchaban, les decía que, si Haley no hubiera sedado al animal, su corazón no hubiera podido soportar los efectos de las drogas. Y Jackson habría perdido mucho más que un caballo.

–Está tan bien como si se tratara de un potrillo –concluyó Jesse–. Y todo eso te lo debe a ti, jovencita.

–Tuve suerte.

–Tal vez sí, pero, en mi opinión, hay mucho más que eso al tratar animales. Hay que tener sentido común e intuición. Mucha gente tiene sentido común, pero, yo te aseguro, jovencita, que no muchos tienen el don de la intuición. El día en que viniste a Belle Terre para trabajar con Lincoln, fue un día de suerte para Jackson.

–Eso díselo a él.

–No me atrevería. Hay algunas cosas que un tipo como Jackson debe descubrir por sí mismo.

–¿Qué es eso que tengo que descubrir por mí mismo, Jesse? –preguntó Jackson, entrando de repente en el establo. No prestó atención alguna a Haley.

–Bueno, pues que la doctora ha venido, por supuesto –replicó Jesse, sin arredrarse.

–Pues ya lo veo –dijo Jackson, mirándola con aquellos ojos azules, que, parecían tener reflejos verdes. Durante unos segundos, no se movió, ni habló. Incluso Jesse estaba en silencio y esperando. Entonces, tras inclinar la cabeza de un modo que podría haber sido un saludo, se dirigió a Haley.

–¿Qué estás haciendo aquí?

Ni hola, ni cómo estás, ni ningún otro tipo de delicadeza. La expresión que Haley había querido ver en aquellos ojos ya no estaba o, tal vez, no había existido nunca. La joven ahogó un suspiro y decidió no sorprenderse por lo que sabía que debía haber esperado desde el principio.

–Bueno, dado que Lincoln ya está en la ciudad –dijo, con voz casual–, insistió en que me tomara el día libre. Como hace un día precioso para ir a dar una vuelta en coche, me pareció lógico regresar para devolver las ropas que me dejaste el otro día.

–¿Has venido hasta aquí solo para devolver un raído par de pantalones y una camisa que podrías haber devuelto más fácilmente en la ciudad? –preguntó Jackson, mirándola de arriba abajo y deteniéndose especialmente en los botones que ella había desabrochado antes de salir.

–No tenía la dirección de Merrie y su nombre no aparece en la guía de teléfonos, así que, como hacía un día tan agradable...

–Además, yo le había pedido que viniera a ver a un par de caballos –intervino Jesse.

–Tú la has llamado, ¿eh? ¡Qué raro! No me había dado cuenta de que hubiera caballos que tuvieran problemas. Al menos, nada de lo que tú no pudieras ocuparte.

–No era nada importante –replicó Jesse, que era demasiado viejo y demasiado astuto como para dejarse acorralar–. Solo eran unas cosillas sobre las que quería que Haley me diera su opinión. Cuando tuviera tiempo.

–Así que, como hace un día tan bueno, has decidido venir hoy, ¿verdad?

–Sí, parece que venir de visita sin avisar es algo que nos es común a los dos.

–Touché – dijo él, con una leve sonrisa, que desapareció casi inmediatamente–. Si recuerdo bien, cuando yo me presenté en tu casa, estabas preparándole la cena a Yancey. ¿Lo pasasteis bien? –añadió, como si la velada no le interesara en absoluto.

–Siempre me lo paso muy bien con Yancey. Es uno de los hombres más interesantes que conozco –comentó Haley, dispuesta a apretarle un poco más las clavijas–. Sus aventuras resultan tan emocionantes... Algunas veces, uno se pregunta si ha estado en todos los sitios que dice y ha hecho todo lo que asegura.

–Sí... Dos veces.

Jesse ahogó un extraño sonido y se cubrió el rostro con el sombrero. Sin embargo, no pudo evitar que Haley viera que estaba sonriendo. Entonces, ella dio un paso al frente en dirección al pesebre y giró la cabeza, dejando que la trenza le cayera por encima del hombro. Los ojos de Jackson recorrieron la larga longitud de la trenza, que le descansaba sobre el pecho.

–¿Sí?

Como si aquella pregunta le hubiera abrasado, Jackson se sobresaltó y apartó la mirada.

–¿Cómo dices? ¿Sí qué?

–Jackson, no he entendido lo que me decías. Estaba simplemente...

–¿Cuánto tiempo hace que conoces a Yancey? –preguntó Jackson, antes de que ella pudiera terminar la frase.

–Bastante.

–¿Cuánto tiempo es bastante? ¿Una semana? ¿Un mes? ¿Dos meses? Él no está en la ciudad con mucha frecuencia, así que no puedo evitar preguntarme si lo conoces tan bien como crees, aunque parecía que teníais una gran amistad...

–¿Una gran amistad? –repitió ella, sin querer mirar a Jesse, quien, con toda seguridad, estaba disfrutando al cien por cien con aquella conversación–. No estoy segura de lo que quieres decir con eso. Yancey es un amigo. Lo ha sido durante años. Estuvo en la universidad con Ethan.

–¿Con Ethan? ¿Ethan? ¿Quién es Ethan? ¿Te abraza y te besa ese también cada vez que te tiene a tiro?

–Ethan es mi hermano. Y sí, me abraza y me besa, como Yancey, aunque no con tanta frecuencia –dijo ella, apoyando una mano en la puerta de la cuadra de Dancer.

Antes de responder, Jackson entró en el establo y empezó a acariciar al animal. De repente, la poderosa criatura se encabritó. Tratando de conservar el equilibrio, Jackson se aferró a la mano de Haley, que seguía agarrada a la puerta de la cuadra.

–Tranquilo, muchacho, tranquilo –le ordenó a la bestia. Después de un segundo, Dancer obedeció.

Entonces, Jackson centró de nuevo su atención en Haley, sin soltarle la mano. En aquel instante, toda la furia pareció abandonarlo.

–Lo siento. ¿Te he hecho daño?

–No, Jackson, no me has hecho daño –respondió ella, presintiendo que se estaba disculpando por mucho más que por aquel incidente.

–Como puedes ver, Dancer está perfectamente. Gracias a ti. Y a Jesse.

–Fue solo lo que hizo la doctorcita lo que le salvó, Jackson. Yo no hice nada –afirmó Jesse–. Y lo sabes perfectamente.

–Sí –susurró él, mientras le acariciaba suavemente el reverso de la mano.

La trenza de Haley le pesaba como una gruesa cuerda sobre el pecho. La ligera camisa se le ceñía a las lineas del cuerpo bajo el elegante chaleco negro. A pesar de los vaqueros y las botas altas, parecía más una modelo haciéndose pasar por una mujer trabajadora que lo que era en realidad. Sin embargo, cuando él le dio la vuelta a la mano y empezó a acariciarle la palma, descubrió los callos que demostraban que era una mujer real.

–¿Te he dado las gracias?

–Sí, en mi casa. Con las gardenias que me llevaste.

–Entonces, ¿ya está? ¿Ninguno de los dos le debe nada al otro?

–No.

–Bien –murmuró él–. En ese caso, podemos centrarnos más en nuestra tregua. Ahora que has devuelto la ropa de Merrie y que has respondido a la llamada de Jesse, creo que podrás esforzarte un poco más en cumplir tu parte del trato que hicimos. Me prometiste que nuestros caminos no se cruzarían más de lo absolutamente necesario. ¿Lo recuerdas, Duquesa?

Entonces, miró a Jesse, como desafiándolo a convertir aquella conversación en un chisme y entonces, tras dedicar una leve sonrisa y una inclinación de cabeza a Haley, salió del establo, dejando a Haley completamente asombrada.

Cuando ya no podía escucharlo, Jesse pegó una patada en el suelo y sacudió la cabeza. Entonces, miró a Haley y sonrió.

–Ese hombre está completamente loco por ti. Me recuerda a un ahogado, pero, en su caso, se está ahogando por segunda vez.

–Lo sé.

–¿Cómo te lo has imaginado?

–No lo hice sola. Me lo dijo Yancey.

–Estaba clarísimo que Yancey se daría cuenta. Conoce a Jackson muy bien.

–Eso espero, Jesse, eso espero.

–Va a luchar contra lo que siente, ¿lo sabes? Ese muchacho tiene un modo de ser que nadie más que él entiende, pero cuando cae, caerá con todo el equipo – predijo Jesse, mientras se quitaba el sombrero–. Sospecho que más o menos ya lo ha hecho.

–¿Tú crees?

–Sí. Creo que la tercera vez está a punto de producirse, pero, como lo sospecha él mismo, se va a poner cada vez más testarudo, así que... ¿cómo vas a ocuparte del tema?

–Me comportaré de un modo frío, distante, como si él fuera el último hombre que podría interesarme de toda Belle Terre.

–Pero no es así, ¿verdad?

–No –confesó Haley–, claro que no.

–¿Te importa que te ayude? Lo haré de un modo sutil, nada que te deje en evidencia.

–Creo que voy a necesitar toda la ayuda que pueda conseguir, Jesse.

–Sin embargo, solo lo haré cuando estés segura de que ese potro salvaje es el hombre que quieres, jovencita.

–Estoy segura –afirmó Haley–. Creo que lo he estado desde que tenía quince años.

–¿Desde hace tanto tiempo? –preguntó Jesse, sin comprender. Sin embargo, por una vez, no hizo más preguntas.

–Sí, tanto tiempo.

–Entonces, puedes contar conmigo. Tal vez hablaré con algunos de los muchachos, incluso con sus hermanos. No creo que a ellos les gustara quedarse al margen de esta diversión.

–¿Crees que domar a Jackson Cade va a ser divertido?

–¿Acaso tú lo crees? –preguntó Jesse, riendo.

–Lo será, si, al final, quiere que lo domen.

–Claro que querrá, jovencita. Te doy mi palabra al respecto. ¿Tienes prisa? Tengo un termo con agua fría y una tartera llena de bocadillos en mi alforja, cortesía de las señorita Corey de Belle Reve.

¿Quieres ir a dar un paseo conmigo para echar un vistazo a los caballos que tenemos esparcidos por los diferentes pastos? Conozco un lugar muy apropiado para ir de picnic.

–No tengo prisa por marcharme, pero creo que Jackson preferiría que así fuera.

–Pues más motivo tienes para quedarte. Además, hay algunos vaqueros muy guapos cuidando de los caballos. Si te pasas el día entre ellos, seguro que se dará cuenta. Le calentará la sangre un poco y le pondrá de mal genio. Como esperaba que se produciría un momento como este, hace un par de días separé a una yegua de la manada. Se llama Sugar y necesita desesperadamente salir a dar un paseo.

–En ese caso, por mi bien y por el de Sugar, estaré encantada. ¿Debería llevar estas ropas a la habitación de Merrie ahora o más tarde?

–Creo que es mejor más tarde, después de que él sepa dónde has estado –respondió Jesse. Al notar que Haley lo miraba de un modo extraño, sonrió–. ¡Eh! No te creerás que yo soy al único al que le gustan los chismes en River Trace, ¿verdad?

–Por si acaso, vas a asegurarte de que solo las personas adecuadas saben dónde estamos –replicó Haley. Había decidido que Jesse era el mejor aliado con el que podía contar–. Me refiero a los que también le gustan los chismes, ¿de acuerdo?

–Muchacha –comentó Jesse, mientras sacaba de una de las cuadras a una preciosa yegua–. Nadie me había dicho que también podías leer el pensamiento.

Capítulo Seis

Por la posición del sol, Haley dedujo que el paseo con Jesse se había prolongado más de lo que había esperado. Sin embargo, hacía semanas desde la última vez que había montado a caballo, por lo que las horas habían pasado volando.

Había parecido que Jesse no tenía mucho que hacer, porque le había llevado a recorrer todos los pastos y las tierras de River Trace. Por el camino, se habían ido deteniendo para hablar con los hombres que estaban a cargo de los caballos y los que había de guardia.

Al lado de un arroyo, habían compartido el desayuno. Haley se había preguntado si alguna vez la mantequilla de cacahuete y la mermelada de fresa le habían parecido tan deliciosas. Después de comer, Jesse le había mostrado el lugar en que se unían las cuatro fincas que estaban en manos de la familia Cade.

—Todo esto es de uno u otro de los Cade. Ninguna de ellas pertenece al hijo más pequeño, pero no creo que eso importe, ya que, tarde o temprano, Jefferson regresará a Arizona.

Haley recordó algo de lo que Lincoln le había dicho mientras eran compañeros en la Facultad de Veterinaria y luego, cuando había decidido darle la espalda a los fracasos de su vida en Virginia para volver a empezar en Belle Terre.

Son embargo, de los dos, fue Jesse el que resultó

más hablador. Mientras cabalgaban de regreso al rancho, le contó que él había ido a aquella zona solo porque Jefferson se lo había pedido. Al final, había decidido quedarse porque los Cade se habían convertido en su familia.

–Resulta extraño cómo todos son diferentes, pero se parecen mucho. Solo con mirarlos, un desconocido nunca diría que los Cade son hermanos. Sin embargo, tras pasar con ellos un rato, solo un estúpido no se daría cuenta. Las diferencias que hay entre ellos vienen de que son hijos de madres diferentes y tal vez las similitudes se deben a que ninguna de las madres se quedó con ellos. La de Adams murió por trabajar demasiado, la de Lincoln se cayó. La de Jackson y la de Jefferson se marcharon. Eso no pareció molestarle mucho a Jefferson, pero a Jackson... Hay algo que lo corroe por dentro.

–¿Y nunca habla de ello? –preguntó Haley, mientras se bajaba de la yegua.

–No. Y si quieres mantener la cabeza sobre los hombros, es mejor que no le preguntes.

–¿Tú...? No importa.

–¿Por qué no vas ahora a la casa a guardar la ropa de Merrie? Yo me encargaré de la yegua. Se está haciendo tarde... Había creído que tal vez tendrías una cita. Tal vez con Daniel... O Yancey. Si no recuerdo mal, al doctor Cooper le gustas bastante.

–Tengo la tarde libre, Jesse. No tengo nada mejor que hacer que ocuparme de Sugar –dijo la joven, que ya había empezado a desabrocharle la cincha al animal.

–¡Shh, muchacha! –exclamó Jesse, mientras le quitaba la silla de las manos–. No digas eso, al menos, no cuando haya alguien cerca que te pueda escuchar. Claro que tienes una cita. Una cita muy importante.

Haley se dio cuenta de lo que quería decirle y asintió.

–¡Es verdad! ¡Claro que tengo una cita! Lincoln me ha dicho que Brownie ha tenido una nueva camada de perros. Prometí pasarme a verlos.

–Entonces, no podría haber mejor día que hoy. Es mejor que entres corriendo en la casa. No creo que haya nadie allí a estas horas. La habitación de Merrie es la que sale de la cocina. Acuérdate de darle recuerdos de mi parte al joven Cade y a la familia Brownie y sus cachorros.

–Jesse –susurró Haley, antes de marcharse–. Eres un genio... –añadió, plantándole un beso en la mejilla.

–Ya lo sabía –comentó el vaquero, tocándose la mejilla.

La casa estaba tranquila. Como Jesse le había sugerido, Haley entró en la cocina. La habitación era funcional, pero todos los utensilios estaban viejos y amarilleaban. Evidentemente, los planes de renovación de Jackson no habían afectado a la casa.

Tras dejar la bolsa encima de la mesa, tomó unos platos que había encima de la mesa, los fregó, los enjuagó y los puso a secar. A parte de eso, todo estaba muy ordenado. Demasiado tarde, se dio cuenta de que seguramente no le habría gustado que una mujer merodeara en su vida. El toque femenino era lo último que parecía querer en sus cosas.

Recogió la bolsa y se dirigió a la puerta que conducía a la habitación de Merrie. Como la cocina, la habitación era muy vieja y hubiera resultado muy poco atractiva a no ser por los toques personales que la joven estudiante había ido añadiendo. Como no había armario, no quiso revolver en los cajones de la cómoda. Se limitó a dejar las dos prendas sobre la almohada de la cama, que era muy pequeña.

Cuando se incorporó, una fotografía le llamó la atención. Por supuesto, era de un hermoso caballo que estaba flanqueado por la mujer más exquisita que había visto nunca y un hombre muy guapo. El hombre era Jackson y dedujo que la mujer sería Merrie Alexandre. Jackson estaba sonriendo. A ella, nunca la había sonreído...

De repente, un fuerte temor a lo desconocido se apoderó de ella cuando sintió unas fuertes manos sobre los hombros. Ahogó un grito al tiempo que recuerdos del pasado le empezaron a acudir a la memoria. Sin poder evitarlo, la fotografía se le cayó al suelo y el cristal se hizo añicos.

—¡No! No te preocupes —le dijo una voz ronca—. No tengas miedo —añadió. Sin embargo, Haley estaba demasiado desesperada por escapar como para escuchar algo o comprender—. Escucha, Duquesa, escucha... Lo siento. No lo sabía... No quería...

Como ella seguía fuera de sí y el pánico no parecía ceder, Jackson la tomó entre sus brazos. Poco a poco, con paciencia, consiguió que se fuera tranquilizando.

Mientras le acariciaba el cabello, le susurraba:

—No pasa nada. Soy yo, Jackson... No quería asustarte...

Aquello era casi una mentira. En realidad, había querido sobresaltarla y sorprenderla. Sin embargo, nunca habría esperado una reacción tan visceral como aquella. Haley no era una mujer temerosa o nerviosa. Sabía que aquello se debía a algo más, a algo peor... Era una reacción instintiva...

Recordó las cinco cicatrices blancas. Aquella flor obscena, una marca bárbara de innombrable cruel-dad...

–Que Dios me perdone –musitó–. Lo siento.

De repente, ella apoyó el rostro sobre su pecho. Con el ligero movimiento, acarició suavemente los labios de Jackson. No obstante, él no quedaba satisfecho con las palabras que pronunciaba. Quería encontrar más, para así poder calmar el dolor que le había atravesado hasta su propio corazón.

–Mi pobre y valiente Duquesa, lo siento...

Haley no hablaba ni parecía reconocerlo. Sin embargo, lentamente, se agarró a la cintura de Jackson. Después, deslizó las manos por debajo de la camisa, que llevaba abierta, y le acarició la espalda, todavía húmeda por el agua de la ducha. De repente, se aferró a él como si estuviera aterrorizada.

Entonces, se echó a temblar. El origen de aquella reacción estaba arraigado profundamente en su ser y no tenía nada que ver con Jackson, aunque él hubiera actuado como catalizador. Solo por eso, se maldijo y decidió que no la abandonaría hasta que pudiera darle todo lo que ella pudiera necesitar, aunque ello significara tenerla entre sus brazos toda la noche.

Con mucho cuidado de no pisar el cristal, la llevó hasta la cama. Tras sentarse con ella, la estrechó aún más fuerte entre sus brazos, murmurando lamentaciones.

Perdió toda sensación de tiempo. Para Jackson, solo importaba Haley, que temblaba contra su cuerpo, aferrándose a él. Como era muy consciente del efecto que le estaba produciendo el roce de los senos femeninos contra su tórax desnudo, trató por todos los medios de controlar sus reacciones.

La escasa luz de la tarde iluminaba su cabello. El juego de luces y sombras sobre la trenza creaba un efecto óptico en el que el pelo parecían hilos de oro.

Rubio platino. Nunca había creído que aquel color de cabello pudiera ser posible hasta que conoció a Haley. Ni tampoco había imaginado nunca que podría tener los sentimientos que albergaba en aquellos instantes. A medida que sus temblores se fueron relajando y que la joven se fue tranquilizando, se acurrucó sobre él como un gatito perdido, que busca una mano que lo acaricie.

No quería recordar el pasado, ni las viejas promesas en aquellos momentos. Lo único que quería era deshacerle la trenza, desenredarle el cabello con los dedos y sentir aquella seda sobre las palmas de sus manos. Quería aplacar el demonio que él había despertado y hacer que durmiera para siempre. Quería abrazarla como lo estaba haciendo en aquellos momentos. Quería besarla y suplicarle que lo perdonara...

En aquella pequeña y vieja habitación, quería hacerle el amor, olvidándose de los viejos odios y prejuicios que habían coloreado su joven vida y le habían convertido en lo que era. Luchó contra un irremediable deseo de enterrarse en ella, de convertirse en parte de su cuerpo, de dejar que la suavidad de Haley le aplacara a él también sus demonios....

Quería tantas cosas que no podía tener, algo que él había hecho imposible. Quería tener la amistad y el amor sin reservas de Haley.

Contra su voluntad, estaba soñando sueños imposibles, pero, fuera como fuera, no estaba dispuesto a dejarla escapar.

–Jackson –murmuró ella, como si estuviera sorprendida de verlo. De repente, se dio cuenta de dónde estaba y de lo que había ocurrido–. ¡Oh, Dios mío! Debes de creer que soy una estúpida y una descarada.

Entonces, trató de apartarse, aunque él se lo impidió y la estrechó con fuerza contra su tórax desnudo.

—¿Por qué iba yo a creer que eres una descarada, Haley?

—¿Que por qué? Por entrar en tu casa, por irrumpir en la habitación de Merrie sin tener permiso, por romper un recuerdo especial...

Al ver que Jackson no decía nada, Haley trató de explicarse.

—Llamé a la puerta, pero, al ver que nadie respondía, di por sentado, como Jesse me había sugerido, que no había nadie en la casa a estas horas. Pensé que no haría ningún mal si entraba y...

—Dejabas las ropas de Merrie —dijo Jackson, terminando la frase por ella—. No te oí llamar, Haley. Acababa de salir de la ducha cuando oí un ruido. Me pareció que era el crujido de uno de los tablones de madera del suelo. Sé que Merrie está realizando un proyecto y que no va a venir esta semana, así que, como sabía que no sería ella y, dados los últimos acontecimientos, vine a investigar.

—Y me encontraste a mí, la última persona que querías en esta casa. Una intrusa de la peor calaña. Siento haber reaccionado como lo hice. Siento haber pensado...

Casi sin darse cuenta, Haley se agarró con fuerza a él, clavándole las uñas en el pecho, lo que provocó en Jackson una oleada de deseo y necesidad. Sabía que debía soltarla, pero no podía. Todavía no. No hasta que lo supiera todo.

—¿Qué fue lo que pensaste, Duquesa?

—En realidad, estaba reaccionando, no pensando —susurró ella.

Reaccionando por miedo. No, algo peor que el miedo. De eso Jackson estaba seguro porque lo había sentido en su propio cuerpo. ¿Miedo de qué? ¿De quién? Seguramente eran recuerdos del pasado, del despreciable monstruo que la había marcado de aquella manera. Era imposible que Haley tuviera miedo de Jackson, ¿o no?

Aquel pensamiento se clavó dentro de él. El hecho de que ella pudiera pensar ni siquiera que podría hacerle daño... Una profunda vergüenza se apoderó de él. Se sentía a punto de llorar y solo consiguió impedirlo parpadeando repetidamente.

Tenía miedo de preguntar, de oír la respuesta que Haley pudiera darle. Sin embargo, tenía que saberlo. Lentamente, enmarcó su rostro entre sus manos y se lo levantó poco a poco.

–¿Tienes miedo de mí, Haley? –le preguntó, mirándola intensamente a los ojos–. ¿He sido yo el que ha provocado esa reacción?

–¿Y qué podrías haberme hecho tú a mí, Jackson? ¿Qué te hace pensar que podrías afectarme de ese modo?

–Esto, el hecho de que estamos sentados aquí, en esta pequeña y oscura habitación y te enfrentaste a mí –musitó.

Lentamente, mientras le agarraba suavemente por la muñeca para asegurarse de que ella no huía, se tocó la mejilla. Sintió una serie de arañazos, provocados por el rápido movimiento de las uñas de Haley. No sangraba, pero por sí solos aquellos arañazos constituirían un triste recuerdo de aquel día.

–No me había dado cuenta –susurró Haley–. Lo siento...

–¿Qué era lo que no sabías, Haley? ¿Era tal vez quién era exactamente el hombre que te había agarrado? O peor aún, ¿no estabas segura de que lo que esa persona, fuera quien fuera, podría hacerte?

–No –protestó ella. Sin embargo, en sus ojos se reflejó una expresión que indicaba que se trataba de una mentira desesperada.

–En aquel instante –insistió Jackson–, ¿te olvidaste de dónde estabas? ¿Te olvidaste que solo podría ser el imbécil arrogante que vive en River Trace y no el monstruo que parece acechar tu pasado?

—¿Monstruo? —preguntó ella, apartándose inmediatamente de él. Se habría soltado si Jackson no hubiera reaccionado a tiempo—. Ahora te estás imaginando cosas.

—¿Tú crees, Duquesa? ¿Me estoy imaginando las marcas que me ha dejado una mujer, la desesperación que se apoderó de ella y que la convirtió en una guerrera?

—No hay monstruos, ni aquí ni en mi pasado. Ni soy una guerrera. Simplemente me asustaste.

—Por si no te has dado cuenta, esto ha ido mucho más allá de estar asustada.

—Reaccioné exageradamente. No he dormido bien últimamente. Además, estoy en territorio enemigo y me siento muy nerviosa.

—¿Territorio enemigo? ¿Y, a pesar de todo, viniste aquí?

—No ha sido una de mis mejores decisiones. La próxima vez, le enviaré las ropas de Merrie a Eden o encontraré otro modo de devolvérselas.

—¿La próxima vez? Entonces sabes que habrá una próxima vez —dijo Jackson, mientras le acariciaba suavemente el cabello.

—Ha sido un modo de hablar —replicó Haley. Quería apartarse, distanciarse de Jackson, pero no podía hacerlo, como tampoco podía dejar de mirar al hombre que había amado durante más tiempo de la mitad de su vida—. Desde hoy, tengo la intención de mantener mi promesa.

—¿En ocuparte de que nuestros caminos no se cruzan más de lo debido?

—Sí. Nunca más de lo debido.

—Y cuándo lo hagan, ¿qué haremos? —le espetó él, sin soltarla.

—Nos comportaremos civilizadamente.

—¿Civilizadamente?

—Claro.

—¿Te parece que esto es civilizado? —preguntó Jackson. Estaba tan cerca que los labios de Haley casi rozaban los suyos. Entonces, le abrió la mano y se la colocó contra la piel desnuda de su pecho—. ¿Es civilizado lo que siento cuando me tocas? ¿Podemos ser civilizados cuando no podemos ser amigos con esto que hay entre nosotros?

—No.

Haley protestó, no por sus palabras, sino por el modo en que estaba acercándose a ella. Iba a besarla...

—¿No? —replicó él, como si no hubiera entendido—. ¿Significa eso que no podemos ser civilizados o que no...?

—Significa que no hay nada entre nosotros —dijo ella, tratando de aferrarse al último retazo de autocontrol.

—¿No? Déjame que te lo demuestre, pequeña guerrera...

La estrechó entre sus brazos. Las puntas de sus pechos rozaban el tórax desnudo de Jackson... Ya no había espacio entre ellos. El cuerpo de Haley pareció cobrar vida propia, a pesar de que la mente le decía que estaba equivocado. En un último esfuerzo por aferrarse a la cordura, echó la cabeza atrás para tratar de rechazarlo y le dio la oportunidad que Jackson había estado buscando. Lo último que ella vio fueron unos ojos azules que ardían, como iluminados con un fuego verdoso...

Lentamente, como si tuviera todo el tiempo del mundo, le acarició suavemente la mejilla, en dulce preludio al beso. Cuando los labios de Jackson tocaron los de ella, no quedaba ya rastro del hombre furioso que había sido. Aquel no fue el beso del muchacho que Haley había imaginado, sino el beso de un hombre maduro. El de un hombre que deseaba a una mujer.

Jackson la deseaba, tanto si sentía simpatía o antipatía por ella, tanto si la respetaba o la despreciaba. Como le había advertido, no había nada de civilizado en su necesidad. Cuando, presa del miedo, trató de apartar la boca de la de él, Jackson la inmovilizó, agarrándola con fuerza de la trenza.

Al sentir cómo le acariciaba con la lengua, Haley se olvidó de sus protestas, de sus miedos, de que horas antes había creído que Jackson no quería nada que ver con ella. Principalmente, se olvidó del juego que Jesse le había propuesto y se perdió en sus caricias, tocándole ávidamente los músculos del pecho y de los brazos, preguntándose cómo tanta fuerza podía estar contenida en tan dulce prisión.

Haley estaba segura de no querer escapar de aquella cárcel y se aferró a él, acariciándole la nuca, el cabello, haciendo así que el beso se hiciera más íntimo, más profundo, más apasionado.

Le temblaban las piernas. Si no hubieran estado medio sentados, se habría caído al suelo. Desgraciadamente, aquella cama no estaba diseñada para los amantes, pero era una cama al fin y al cabo. Aquella idea hizo que le empezara a temblar el cuerpo con una especie de tormento que solo Jackson podría aliviar.

Él pareció sentir su necesidad. Entonces, sus besos se hicieron más dulces. Sus brazos dejaron de ser una prisión para convertirse en un paraíso. Le tocaba la cara, el cabello... Se apartó de ella, pero solo lo suficiente como para poder soltarle la goma que le sujetaba la trenza. Mientras le besaba deliciosamente la columna de la garganta, le fue deshaciendo la trenza y peinándole el cabello con los dedos.

–Es como la luz del sol –susurró–. Siempre pensé que tu cabello había atrapado al sol...

Haley rio. Aquel sonido estimuló aún más a Jackson, que empezó a acariciarle caderas, muslos, rodillas... Por fin, la sentó sobre su regazo.

Haley era luz y sombras. Sus caricias estaban llenas de dulces promesas, promesas que él aceptaría sin preocuparse del mañana. Con las yemas de los dedos casi sobre los senos, Jackson hundió la cara en el cabello de ella y, en un gesto muy caballeroso, buscó el consentimiento de la muchacha.

–Duquesa, dulce duquesa, necesito...

Entonces, se oyó un portazo que provenía de la cocina. Aquel sonido destruyó la intimidad que había entre ellos, máxime cuando se oyeron unos pasos que avanzaban en aquella dirección. Rápidamente, Haley se puso de pie.

–¿Haley? –preguntó Jesse, muy cerca, mientras ella trataba de recogerse de nuevo el cabello.

Demasiado tarde, Jesse apareció en la puerta y los miró con curiosidad.

–Pensé que ya te habrías marchado para acudir a tu cita –dijo el hombre–. Entonces, vi tu furgoneta.

–Cuando llamé, no me respondió nadie –susurró ella, a modo de explicación–. Por eso, como tú me sugeriste, entré. Solo estaba guardando las ropas de Merrie.

–Entonces, yo la asusté –añadió Jackson, al tiempo que se ponía de pie al lado de ella.

–Tú la asustaste –repitió Jesse, mientras los miraba muy detenidamente.

–Sí. Me estaba duchando y no la oí llamar. Más tarde, escuché un ruido que provenía de este cuarto y vine para ver de qué se trataba. Haley no esperaba encontrar a nadie.

–Hace un buen rato que la doctora entró en la casa. Te ha llevado bastante tiempo investigar, ¿no? –dijo el viejo vaquero, muy seriamente.

–Rompí el cristal de un marco –susurró Haley–. Estaba a punto de recogerlo.

–Con la ayuda de Jackson, por supuesto.

–Estábamos decidiendo cómo ocuparnos del asunto cuando tú entraste –dijo Jackson, sin esperanza de engañar a Jesse.

–Entiendo. Entonces, ¿por qué no te ocupas de ello ahora mismo y dejas que se marche ya Haley? Va a llegar tarde a su cita.

–Claro –afirmó Jackson.

–Sí, si no te importa, creo que voy a marcharme –musitó Haley, muy pálida–. No debería haber entrado aquí. Todo el día de hoy ha sido un completo error. No debería haber venido a River Trace. Siento todo lo que he dicho, siento haber roto el marco... y siento todo lo que he hecho.

Rápidamente, se dio la vuelta y se marchó de la habitación. Jesse salió tras ella y la detuvo.

–Ya te llamaré, jovencita –dijo Jesse–. Tenemos algo de lo que hablar.

–No, Jesse –replicó ella–. Ya no tenemos nada de que hablar. Estaba equivocada. No puedo hacer lo que habíamos planeado.

De repente, Jackson apareció tras ellos, mirándolos de un modo gélido, frío. Antes de que Jesse pudiera reaccionar, Haley se marchó corriendo.

–¿De qué estáis hablando?¿De qué estaba equivocada la Duquesa? ¿De qué plan habláis?

–No es nada –respondió Jesse, muy nervioso.

–¿Nada? Pues parece que ese nada te turba mucho, Jesse.

–No te preocupes. Bueno, voy por la escoba y recogedor para ayudarte a barrer esos cristales.

Cuando se quedó solo, Jackson escuchó el débil

sonido de un motor que se alejaba y recordó un pánico inexplicable.

–Y ella, ¿estará bien? –se preguntó, mientras se agachaba para recoger el cristal–. Mientras esté tan asustada, ¿cómo va a poder estarlo?

–¿Estás hablando solo, Jackson? –le preguntó Jesse, cuando regresó.

–Sí, supongo que sí.

–Es una pena que la doctora tuviera una cita.

–¿Quieres dejar de hablar de esa maldita cita? –le espetó Jackson, furioso.

Jesse guardó silencio. Los dos hombres trabajaron en silencio, juntos, hasta que el viejo vaquero volvió a hablar.

–¿Cómo vas a explicar que tienes la cara como si te hubieras encontrado con un gato salvaje?

–¡Diré que me encontré con un gato salvaje! ¿Qué si no?

Jesse se echó a reír.

–Creo que eso debería ser suficiente, especialmente porque los gatos salvajes son más escasos por esta zona que los dientes de gallina.

Capítulo Siete

—¡Maldición!

Jackson exclamó aquella palabra, que ya resultaba bastante familiar, una vez más. Entonces, apartó la vista de la corbata que acababa de derrotarle y se fijó en la mirada de asombro que le devolvía el espejo. Su mirada de asombro se debía a que, por una vez, no estaba pensando en la mujer que había turbado sus pensamientos durante día y noche.

Haley Garrett había llenado sus pensamientos con una constancia que había dejado poco sitio para que las imágenes de otras personas se colaran en su pensamiento. La excepción se produjo en aquel momento, con aquella corbata. Los pensamientos de Jackson se centraron en lady Mary y en sus clases sobre urbanidad.

Tenía ocho años cuando, en compañía de Adams y Lincoln empezó a asistir dos veces por semana a las clases de urbanidad de la anciana señora. Gus Cade había insistido en que sus hijos aprendieran el modo correcto de comportarse en sociedad. Y aprendieron, por supuesto, si sabían lo que más les convenía a sus traseros. Al recordar a lady Mary, sonrió.

Sin embargo, la imagen de Haley volvió a ocupar enseguida sus pensamientos. Se acercó al espejo e inspeccionó el estado de los arañazos que ella le había hecho en la cara. Aquellas marcas habían generado mucha curiosidad. Demasiada, en realidad, sobre todo entre sus hermanos.

–Una gata salvaje –murmuró–. Una luchadora al tiempo que una dama.

No se había olvidado del terror que había visto reflejado en sus ojos cuando se había enfrentado a él. No obstante, el hecho de que se hubiera enfrentado a él, en vez de plegarse, le había dado mucho qué pensar.

–Lo has estropeado todo, idiota, –murmuró, mientras seguía mirándose en el espejo–. La primera mujer que logra pasar el alambre de espino que rodea tu corazón y lo estropeas todo.

De repente, se sintió demasiado furioso como para ocuparse de la corbata y la dejó colgando sobre la camisa. De repente, Jesse apareció en el umbral.

–Muchacho, te prometo que si sigues hablando contigo mismo, vamos a tener que buscarte muy pronto una camisa de fuerza –le dijo.

Al fijarse en el viejo vaquero, Jackson se dio cuenta de que jamás había visto a Jesse de aquella forma.

–¡Jesse! ¿Qué estás haciendo aquí, vestido de esa manera?

–He venido para ver cómo estás, por supuesto. ¿Y qué tiene de malo la forma en la que voy vestido, Jackson?

–Nada –respondió Jackson. Efectivamente, el atuendo del vaquero era perfecto, tanto que podría haber salido de una revista de modas para mostrar a los versátiles y atractivos vaqueros–. ¿Vas a ir a la gala que ha organizado Eden para el ala infantil del hospital?

–¡Bingo!

–¿Por qué?

–¿Y por qué no? –replicó Jesse, sin molestarse en

explicar el astuto plan que había creado con la ayuda de los amigos y hermanos de Jackson.

—Nunca has ido antes.

—Tampoco he tenido una hermosa dama con la que ir a las galas de Eden.

—¿Tienes una cita?

—No te sorprendas tanto, jovencito. Estoy bastante bien, aunque no sea correcto que lo diga yo mismo. Solo por esta noche, no comeré guisantes con la ayuda de uno de los cuchillos de plata de Eden.

—No creo que tenga guisantes. Esta fiesta es para recaudar fondos.

—Eso ya lo sé —comentó Jesse, con gran paciencia, como si Jackson fuera algo retrasado—. Cuando me esfuerzo, puedo hablar correctamente y tomarme una taza de ponche con el dedo meñique levantado.

—¿Quién es la hermosa dama? —quiso saber Jackson.

—Bueno, creo que eso es asunto mío, pero cuanto antes te pongas esa corbata, antes nos podremos ir y, en consecuencia, antes podrás ver quién es la dama.

—¿Sabes colocar una pajarita?

—¿Cómo no? —preguntó Jesse. Y le demostró inmediatamente que sabía.

La Posada de River Walk, que una vez había sido la casa de la familia de Eden, presentaba sus mejores galas. En aquella cálida tarde de otoño, una multitud muy variada de personas se había reunido allí.

De un vistazo, Jackson vio a un granjero, a un senador, a un tendero y a un coleccionista de arte. Cerca, estaban la madre de Jericho Rivers y lady

Mary. Lincoln estaba también presente, con su esposa Linsey, la mujer que le había dado un hijo y un gran amor. Más allá, Adams charlaba con Jefferson y Merrie, al tiempo que vigilaba constantemente a Eden.

A Haley no se la veía por ninguna parte. Como estaba bloqueando la puerta por la que entraban los recién llegados, decidió ir a hablar con Jericho y María.

—Jackson —le dijo el sheriff, tras darle la mano—. ¿Cómo estás? ¿Qué tal van las cosas en River Trace?

—Mejor —respondió Jackson, tras saludar a María y decirle que el embarazo le sentaba estupendamente—, pero todo irá aún mejor cuando se marchen los guardias.

—Tal vez no falte mucho para eso. Tengo una pista. Si da frutos los problemas de River Trace podrían terminarse para siempre.

—Yo no estaría tan seguro.

—Tienes razón —admitió Jericho, antes de que María y él fueran a hablar con Eden.

Fue entonces cuando Jackson la vio. Se dio cuenta de que no se había percatado antes de su presencia porque la rodeaban cuatro hombres mucho más altos que ella. Si hubiera estado de mejor humor, aquel grupo tan heterogéneo le habría hecho sonreír. Daniel Corbett iba a su derecha, Davis Cooper y Yancey la precedían y Jesse iba a su izquierda.

—¿Qué diablos? —exclamó, asombrado.

—¿Estás hablando solo, hermanito? —le preguntó Lincoln, que apareció de repente a su lado con una taza de ponche.

—Si alguien más me dice lo mismo...

—¿Significa eso que se ha convertido en una costumbre que hables solo?

—Tal vez —respondió Jackson, sin apartar la vista de Haley. Entonces, tomó la taza de ponche que le ofrecía su hermano y se la tomó de un trago–. ¡Dios santo! ¡Qué fuerte!

–Me pareció que lo necesitabas, especialmente cuando viste quiénes venían con Haley. Por cierto, ¿qué te ha pasado en la cara?

–Ya me lo has preguntado, ¿te acuerdas? Me arañó un gato salvaje. Toma esto –le dijo, entregándole la taza.

–¡Eh! –replicó su hermano–. Creo que vas en la dirección equivocada, hermano. Tus mujeres de siempre están al lado del estanque.

–No. Eres tú el que se equivoca, Lincoln, mi mujer va acompañada por la liga de solteros de Belle Terre.

Al propio Jackson le sorprendieron aquellas palabras, que denotaban tanta posesión. No se pudo imaginar de dónde le habría salido aquella idea, pero, antes de que tuviera más tiempo de pensar, se presentó delante de Haley y de su corte de admiradores.

–Jackson –dijo ella, tranquilamente–. No te había visto llegar.

–Claro que no. Estabas muy ocupada –replicó, saludando con la cabeza a cada uno de los hombres a los que, normalmente, había considerado buenos amigos.

En realidad, podría entender la atención que los hombres le dedicaban porque solo había visto a aquella Haley Garrett en otra ocasión.

Aquella noche, llevaba puesto un vestido largo, de color fuego, que resultaba tremendamente atractivo por su propia simplicidad. Una fila de botones de perla, la mayoría de los cuales no se habían colocado allí para estar metidos por un ojal, le iba desde la garganta hasta más abajo del pecho. El mismo adorno se repetía desde los codos a las muñecas, adornando unas mangas muy estrechas.

Aparte de un pasador para el cabello, también de perlas, no llevaba ningún otro adorno. Jackson nunca la había visto tan hermosa ni tan frágil.

Al fijarse un poco más en ella, se dio cuenta de que, efectivamente, parecía estar más delgada, lo que significaba que estaba trabajando demasiado o enfrentándose a sus demonios personales con frecuencia.

Si hubiera podido hacer lo que le apetecía en aquel instante, se la habría llevado de la fiesta, la estrecharía entre sus brazos y la dejaría allí, pegada a él, para que pudiera descansar. Sin embargo, sabía también que si se quedaba a solas con ella, no habría descanso posible para ninguno de los dos, tal y como había ocurrido en la habitación de Merrie.

No, no se la llevaría, ni estaría a solas con ella. No sabía lo que significaba aquella atracción ni lo que duraría. Haley había sufrido en otra ocasión de un modo que él no podía cambiar. No podía borrar el pasado, pero podía ocuparse de que ella no volvía a sufrir en el futuro.

A medida que avanzaba la conversación a su alrededor, se dio cuenta de que solo había asentido, sin entender ni una sola palabra. No obstante, oyó la música cuando empezó a sonar. Seguramente podía tomarla entre sus brazos y estar con ella en la seguridad de una pista de baile.

–¿Me concedes el honor de este baile, Duquesa? –le dijo, inclinándose ante ella con una profunda reverencia. Nunca se le habría ocurrido que ella pudiera rechazarlo.

–Lo siento, Jackson. Le he prometido el primer baile a Jesse.

–A Jesse –repitió él, incrédulo.

–Sé bailar, ¿sabes? –protestó el viejo vaquero, más alegre que molesto por la actitud de Jackson–.

Además, yo he acompañado a esta dama hasta la fiesta.

Mientras el Jesse y Haley se dirigían a la pista de baile, Jackson los contempló, atónito.

–Jesse y Haley. ¿Quién lo hubiera creído?

–Sí, ¿quién? –afirmó Davis Cooper, que miraba muy fijamente a la joven.

–Ni lo pienses, Coop. Ella no es de tu clase –le advirtió Jackson.

–Voy a bailar con ella, Jackson. Solo a bailar –replicó Cooper, con una sonrisa–. De hecho, a mí me ha concedido el siguiente baile. Y también el sexto.

–¿El sexto? ¿Qué significa eso?

–Significa que hemos dividido los bailes –explicó Yancey–. Jesse, como puedes ver, tiene el primero, Coop el segundo y yo el tercero.

–Y yo el cuarto –añadió Daniel–. Entonces, la rotación vuelve a empezar.

–¡Y un cuerno! Si tuvierais un poco de cerebro, os daríais cuenta de que la Duquesa está agotada y que no tiene ganas de que os la dividáis como si fuera vuestro harem privado.

–No es tan privado –comentó Coop, inocentemente–. Adams le ha pedido que le guarde un baile, lo mismo que Jefferson y que Lincoln. Y...

–Eso ya lo veremos –replicó Jackson.

Sin importarle que estuviera molestando a los que bailaban, Jackson atravesó la pista de baile. Cuando llegó al lado de Jesse, le dio un golpe seco en el hombro.

–Cambio de parejas.

–Este es mi baile, Jackson. Tendrás que esperar tu turno.

Mientras Jesse seguía bailando con Haley, Jackson no les perdía paso. Entonces, volvió darle en el hombro.

–He dicho que cambio de parejas, Jesse. Ahora.

–¡Jackson! –exclamó Haley–. Estás siendo muy grosero.

–No importa, Haley –dijo Jesse, sonriendo a la joven. Entonces, le dio un beso en la frente–. Ya seguiremos bailando más tarde.

Entonces, el viejo vaquero se marchó. Haley se sentía tan furiosa que habría sido capaz de abandonar también la pista de baile, pero Jackson ya se había puesto bastante en evidencia.

–Eso ha sido una ridiculez, ¿lo sabes? –le dijo, cuando él la tomó entre sus brazos.

–No, no lo sé. Lo único que sé es que estás cansada y que esos babosos no tienen suficiente cerebro como para darse cuenta.

–¿Estás diciendo que ellos son los que deciden si debo o no bailar y que, si ellos no se dan cuenta de que no debo, lo harás tú? –le espetó Haley, incrédula ante tanta arrogancia–. Por si no te has dado cuenta, soy una mujer adulta y soy yo la que decide si está cansada o no y si quiero bailar o no. Hasta decido con quién quiero o no quiero hacerlo.

De repente, Haley se detuvo en medio de la pista de baile y lo miró con desafío.

–En este momento, Jackson Cade –añadió, con un brillo de autoridad en los ojos–, acabo de decidir que no quiero bailar contigo.

Secamente, ella se marchó y lo dejó allí boquiabierto, mientras se abría paso entre la multitud para salir de la pista de baile.

–Oh, oh –observó Yancey, desde donde estaban los demás hombres–. Acaba de meter la pata.

–Y lo ha hecho hasta la rodilla –afirmó Daniel.

–¿Creéis que lo sabe? –preguntó Cooper, frunciendo el ceño, al notar que Jackson volvía en dirección hacia ellos.

–¿Lo que estamos haciendo o que está perdidamente enamorado de Haley? –inquirió Jesse, entre carcajadas.

–Las dos cosas –replicaron Cooper y Yancey, al unísono.

–De lo primero, no tiene ni idea –dijo Jesse–. De lo último, sigue resistiéndose y enfrentándose a todos los que se le ponen por delante.

–Por la mirada que trae en los ojos, no quiero ser yo el que se ponga en su camino –decidió Cooper–. Mis manos son mi vida. No puedo poner en peligro eso para perpetuar tu plan para que formen pareja, Jesse.

–No tendrás que hacerlo –le aseguró Yancey–. Una vez fue más que suficiente. Dejádle manejar este asunto como desee. Una broma y qué le tomemos un poco el pelo no puede hacerle daño.

–No dejéis que se entere de que vamos por él, porque si no se empecinará y tardaremos meses en conseguir nada.

–¿Entiende alguien a qué se debe tanto empecinamiento? –preguntó Daniel.

–Solo hay una cosa que puedo garantizar sobre Jackson Cade –dijo Yancey–. Sea lo que sea, ocurrió hace mucho tiempo y es algo que solo Jackson Cade y Dios saben.

–Tal vez algún día también lo sepa la doctorcita –comentó Jesse.

–Bueno, armáos de valor –advirtió Cooper–. Aquí viene.

Sin embargo, Jackson no fue a enfrentarse con sus amigos, ni a buscar a Haley. En vez de eso, fue Jericho el que se acercó a él.

–La pista que te mencioné sobre River Trace se acaba de hacer realidad –dijo el sheriff.

–¿Ya sabes quién estuvo a punto de matar a Dancer?

–Sé quién ha admitido haberlo hecho. Necesito

que vengas a la comisaría conmigo para verificar parte de la historia de un muchacho.

–¿De un muchacho?

–Me temo que sí.

–¿Cuántos años tiene?

–Catorce.

–¡No! –exclamó Jackson.

Recordaba que él había cometido el mayor error de su vida cuando tenía aquella edad, pero no había herido ni había hecho daño a nadie por ello. Ni siquiera había afectado a ninguna vida a excepción de la suya. Hasta que conoció a Haley.

–Sí. No me gusta que haya menores implicados en delitos. Quiero ir a hablar con María primero. Luego, si quieres, te acompañaré.

–No –dijo Jackson, que también estaba buscando entre los invitados a una persona–. Vete cuando estés listo. Si no llego antes que tú, no tardaré mucho.

Jericho asintió y se fue en busca de su esposa. Jackson hizo lo mismo en busca de Haley. Salió a los jardines para buscarla. En su mayor parte, estaban dedicados al disfrute de los huéspedes de la posaba, pero había una pequela parte vallada, alrededor de la casita de invitados que se había convertido en el hogar de Eden y de Adams.

Al entrar en aquella parte del jardín, Jackson vio a Haley sentada en un cenador que había en medio de las aguas de un pequeño arroyo. Tenía la cabeza baja y la luz de la luna se le reflejaba en el cabello.

Jackson no hizo esfuerzo alguno por no hacer ruido al subir al cenador. Sin embargo, si ella le había oído, no dio muestras de ello.

–Haley –susurró Jackson. Nada–. Duquesa...

Entonces, ella rio suavemente. Tristemente. Amargamente.

La amargura era un sentimiento que jamás habría asociado con Haley. Jackson se dio cuenta de que era una mujer lejos de su alcance, una mujer que no comprendía, especialmente en lo que se refería a sus sentimientos. No obstante, tampoco podía entender los suyos.

–Duquesa –dijo Haley, por fin–. Esa única palabra lo dice todo, ¿no te parece?

–No te comprendo –respondió Jackson, desde los escalones del cenador–. Es solo un nombre.

–¿Un nombre? Yo diría más bien que se trata de un arma, un arma muy eficaz, que sirve para hacer que el enemigo pierda el equilibrio. Un minuto puede ser cruel, burlona, fría, y al siguiente...

Haley tenía razón. El nombre había empezado como un insulto. Sin embargo, ya no había nada que insultar, nada de lo que burlarse. Finalmente se había dado cuenta de que su odio era el resultado de la influencia de una mujer, de su madre y que debería reservarlo para ella exclusivamente.

En aquellos momentos, lo que sentía por Haley, por la Duquesa, estaba muy lejos de ser frío o burlón. Muy lejos del odio...

–No quería hacerte daño. A otra persona sí, pero no a ti. Aprendo muy lentamente y he tardado un tiempo en darme cuenta de eso.

–Entonces, cuando te has dado cuenta, crees que tienes el derecho de entrar a saco en mi vida, com si fueras mi dueño. Como si sintieras algo. Esta vez. ¿Y mañana o pasado mañana? ¿O la semana que viene? ¿Qué pasará entonces? He hecho esto antes, Jackson, con un hombre que también era dos personas diferentes. Lo descubrí demasiado tarde. Podía ser muy amable y, al momento siguiente, increíblemente cruel. No pienso volver a pasar por ese trance.

–El hombre de tu pasado. El que te marcó...

–Sí. Todd me hizo eso.

–¿Dónde está ahora?

–¿Y qué importa eso, Jackson?

–A mí me importa.

–¿Por qué?

–Porque me gustaría estrangularlo con mis propias manos. Lo deseo más que nada en el mundo –dijo. «Aparte de tenerte a ti entre mis brazos y borrar esos recuerdos tan crueles». Sin embargo, no reveló sus íntimos pensamientos–. ¿Me crees?

–Sí, te creo.

–¿Quién era ese Todd, Haley? ¿Dónde está?

–Todd Flynn era mi marido. Retomé mi apellido después del divorcio. Ahora está en la cárcel.

–¿Por cuánto tiempo?

–Tiene una serie de condenas, así que estará encerrado varios años, dependiendo de cómo se comporte. Se me notificará cuando vayan a soltarlo.

–Haley... Yo nunca te daría daño como ese hombre. No podría hacerlo.

–A pesar de todas tus faltas, de eso estoy segura, Jackson. Es algo que sé probablemente mejor que tú. Eso es algo que aprendí a distinguir en los dos años que estuve con Todd.

–¿Dos años?

–Casi. Su comportamiento fue haciéndose cada vez peor, pero, al principio, resultaba demasiado inocuo como para reconocer su realidad. No le gustaba su trabajo, luego un accidente le dejó con un problema. Pensé que el cambio se debía a una insatisfacción con su vida. Esperé que un asesor pudiera ayudarlo, pero se negó. Las cosas fueron a peor, hasta que se fue haciendo más controlador y más suspicaz. Finalmente, empezó la violencia.

–¿Te pegó?

–Solo una vez. Yo me marché. Las quemaduras del cigarrillo llegaron después, como castigo por el divorcio.

Haley se quedó en silencio. Jackson esperó, sin saber qué hacer o decir. Decidió esperar a que ella volviera a hablar, aunque, desgraciadamente, cuando lo hizo, no era lo que él esperaba escuchar.

–Vete, Jackson. Tienes razón. Estoy cansada. Me duele la cabeza por esforzarme tanto para comprenderte. Vete, por favor.

Jackson no respondió. Después de unos segundos, se dio la vuelta y empezó a bajar lentamente los escalones del cenador. No se oía nada a su alrededor, tan solo el sonido del agua y los de las criaturas nocturnas.

Entonces, ella lloró. Lágrimas de pena de una mujer fuerte...

Capítulo Ocho

La mujer era alta, enjuta y extremadamente delgada. Tenía el cabello oscuro, teñido de gris, y lo llevaba recogido mediante un afilado alfiler sobre la nuca. Llevaba puesto un vestido deslucido, aunque escrupulosamente limpio y planchado. Aparte del alfiler del pelo, que posiblemente era de plata, y de una alianza, su único adorno era un cuello de encaje. Estaba sentada, muy erguida, con las manos sobre el regazo. Parecía una mujer paciente, con una profunda fortaleza de principios. A su lado, había un muchacho.

Jackson los observó a través de la puerta de cristal del despacho de Jericho. Nunca había sabido lo que iba a encontrarse cuando había acudido a la comisaría, pero, ciertamente, no había esperado encontrarse a aquella mujer.

—¿Le ha traído ella? —le preguntó a Jericho.

—Hace una hora, según Court Hamilton, que estaba de guardia esta noche. Han tenido suerte, porque, de todos mis hombres, Court es el que tiene menos prejuicios contra los Rabb

—¿Esa mujer es una Rabb?

—Es la madre.

—¿Y dices que el muchacho compartió sus drogas con Dancer? —preguntó Jackson, mirando al chico, que, por su aspecto, parecía tener más de catorce años—. ¿Y ella no es su abuela?

—No. Tuvo al muchacho algo tarde, pero ella no es tan vieja como parece.

–¿Por qué está ella aquí? –preguntó Jackson–. Después de los años de enemistad entre los Rabb y el resto del mundo, especialmente los Cade, ¿por qué se ha decidido ahora?

–Tiene que ver con el chico y con que, por primera vez en su vida, Daisy Rabb, tiene el apoyo de una amiga. Mira estos papeles –dijo Jericho, acercándose a la puerta con un expediente.

Era grueso y pesado. Si aquel era el expediente de los delitos del chico, sería una condena muy larga a pesar de ser menor. Jackson se sentó y colocó el expediente sobre la mesa. Cuando lo abrió, no descubrió la sórdida historia delictiva de un menos. En vez de eso, estaba lleno de exquisitos dibujos sobre la vida salvaje y las flores de la zona.

–¿Ese chico ha hecho esto?

–Sí. Solo tiene catorce años y nunca ha recibido clases y, a excepción de su madre, nadie le ha animado a pintar.

–Y es el mismo chico que estuvo a punto de matar a Dancer –susurró Jackson–. No tiene sentido.

–Tal vez sí, Jackson, si piensas en sus hermanos, cuando te paras a pensar en lo que sentirían por un hermano pequeño que, con la mitad de sus años, prefiere pintar a pelearse.

–¿Crees que le obligaron a entrar en mi rancho?

–Efectivamente. Además, le lavaron el cerebro. Le hicieron creer que era menos hombre porque creaba belleza en vez de destruirla. Le hicieron creer que debía destruir para demostrar algo que él no quería demostrar. Desgraciadamente, el muchacho cree que les ha fallado. Me temo que ahora va a pasarse al otro lado. Su madre cree lo mismo.

–Como Junior, el que trató de matar a Adams.

–Y Snake, que es una nueva versión de Junior, tal vez peor. Lo único que le puede ayudar a ese muchacho es que tiene seis hermanas bastante honradas de por medio. Sus hermanas, su arte, su madre y Haley.

–¿Haley? –preguntó Jackson, extrañado–. ¿Qué tiene que ver ella con todo este asunto?

–Haley convenció a Daisy Rabb de que trajera al chico.

–¿Por qué iba a hacer eso? Además, ¿cómo conoce Haley a los Rabb? No habrá estado en la zona en la que viven, ¿verdad?

–De hecho, sí.

–¿Haley fue a tratar a algún animal a un lugar que es poco mejor que un matadero de sádicos?

–Fue por el chico.

–Sí, por supuesto –dijo Jackson, con sorna–. Está tan claro como el barro. ¿Cómo no se me había ocurrido antes? Por curiosidad, ¿cómo se llama en realidad ese muchacho?

–Se llama John, pero Haley lo llama Johnny.

–Ah. Otra vez Haley. Eso empieza a parecerme una historia que yo debo escuchar.

–Por eso estás aquí. Quiero que te la cuenten el muchacho y su madre. Me hubiera gustado invitar también a Haley, pero estaba claro que os habíais peleado. Además, ella ha tenido una semana muy dura. Si ha dormido más de tres horas en una noche durante las últimas, seis, me sorprendería. Así que estamos solo los cuatro.

–¿Por qué ahora? –quiso saber Jackson, mientras se acercaba a una ventana–. ¿Por qué esa mujer eligió precisamente esta noche? ¿Por qué no lo hizo a la luz del día, como los ciudadanos normales?

–Porque no se guía por las reglas normales. Daisy Rabb tiene que hacer lo que puede hacer cuando puede hacerlo. Piénsalo. Junior está en prisión, pero Snake está muy presente. ¿Qué haría él si supiera que ella iba a traer aquí a Johnny para que confesara?

–No creo que la respetara demasiado aunque

sea su madre –admitió Jackson–. Entonces, tuvo que aprovechar la primera oportunidad que tuvo, un momento en el que Snake no anduviera cerca. ¿Dónde está esta noche, Jericho? ¿Cazando ciervos furtivamente? ¿Colocando trampas ilegales para que un niño de cinco años esté a punto de perder una pierna?

–Jackson, el hijo de Lincoln se encuentra bien. Además, no sabemos a ciencia cierta que fuera la trampa de Snake.

–Lo que quieres decir, Jericho, es que no podemos demostrar que se trate de su trampa, pero los dos sabemos con toda seguridad de que fue él quien la puso, como sabemos que hay sal en el mar.

Jericho había empezado a perder la esperanza en el éxito de aquella velada y del plan de Haley. El amor que Jackson sentía por el hijo de Lincoln le dio nuevas fuerzas.

–¿Y si Cade se viera en la misma situación que Johnny Rabb?

–No es el caso. Su madre nunca lo permitiría.

–Pero y si fuera así, Jackson, ¿qué querrías para él?

–Querría que alguien lo ayudara. Al menos, eso sería lo que esperaría.

–Sí, igual que yo espero que alguien ayude a Johnny Rabb. Voy a llevar a la señora Rabb y al muchacho a una sala, donde podrán estar más cómodos. Dame unos minutos para preparar los papeles y entonces ven a reunirte con nosotros. Mientras esperas, mira esto –añadió, entregándole una segunda carpeta.

Jackson lo abrió y entonces comprendió lo que Jericho había visto en aquella historia. La carpeta contenía dibujos de caballos, tan perfectos que ni una cámara podría haber resultado más fiel. Jackson reconoció a sus caballos. Johnny Rabb era un muchacho que amaba a los caballos y que lo expresaba perfectamente en su trabajo. Un muchacho con talento que se merecía una oportunidad.

Al cerrar la carpeta, Jackson se sintió manipulado por un maestro. Jericho. Sin embargo, no le importó. Jackson comprendía perfectamente su actitud. Además, creía firmemente que el fin justifica los medios.

A continuación, fue a hablar con la mujer y con el muchacho que era su esperanza, y la de todos los Rabb, para alcanzar un futuro mejor. Antes de entrar en la sala, se imaginó a Haley, otra mujer que había sacado lo mejor de una situación terrible y rezó porque ella hubiera tenido a alguien que le habría echado una mano.

Entonces, giró el pomo de la puerta y entró en la casa. Tras saludar a la mujer, se dio cuenta de que, antes de que el tiempo hubiera hecho estragos en ella, había sido muy hermosa. Además, había inteligencia en sus ojos. Inteligencia, orgullo y amor, amor por el hijo que era diferente, por su sueño para el futuro. Por su razón para vivir.

Daisy Rabb era una mujer fuerte. Estaba allí aquella noche decidida a que su hijo no tuviera que compartir la misma existencia que ella. Jackson supo enseguida que no podría negarse. Le estrechó la mano y la miró a los ojos.

—Señora Rabb —dijo—. Soy Jackson Cade. He venido para ayudarla.

A excepción de la luz de gas que brillaba al lado de la pesada verja de hierro, la noche era oscura como la boca de un lobo. Durante un tiempo, había habido estrellas en el cielo, luchando contra la oscuridad, como la esperanza que Jackson había visto en los ojos de una madre desesperada.

En aquellos momentos, hasta las estrellas habían

desaparecido. En el horizonte, culebreó un trueno, anunciando la llegada de una tormenta.

Jackson sintió el arrepentimiento que le había llevado al número diecisiete de Jessamine Street. Al leer la pequeña y ornada placa que había a las puertas del jardín, una sonrisa le curvó las comisuras de la boca.

El callejón era muy tranquilo. Solo había unas cuantas casas en aquella calle y todas ellas estaban ocultas por espesos jardines. Como todavía faltaban unas horas para que amaneciera, no habría nadie que se percatara de la presencia del hombre que caminaba por la calle a aquellas horas.

Había dejado de pasear y se había sentado sobre uno de los escalones que daban entrada a la casa cuando la luz de unos faros precedió el sonido del motor de un vehículo, que avanzaba muy lentamente. Casi inmediatamente, se pudo ver la furgoneta de Jesse Lee.

Jackson esperó entre las sombras hasta que el vehículo se detuvo al lado de la verja. Entonces, la puerta se abrió y se iluminó el interior de la furgoneta. Vio que el viejo vaquero se acercaba a la puerta del copiloto. Para cuando se abrió aquella segunda puerta, Jackson ya se había levantado y se había acercado a su amigo.

–Yo la llevaré –susurró.

Jesse no se sorprendió de ver a su amigo y asintió.

Haley estaba dormida, medio acurrucada sobre sí misma sobre el ajado asiento. Debería haber resultado algo fuera de lugar con aquel color tan llamativo de la seda que llevaba, pero no era así. Fuera como fuera vestida, era simplemente Haley Garrett.

–Está agotada –le dijo Jesse, cuando Jackson la tomó entre sus brazos para sacarla de la furgoneta–. Haberse dormido de ese modo en mi furgoneta hará que se avergüence.

–No. No se avergonzará. Yo no se lo permitiré.

–Te has peleado con ella...

–No volveré a hacerlo

Jesse asintió al ver la promesa en el rostro de Jackson. Sin decir nada más, el viejo vaquero le abrió la verja y siguió a Jackson a través del fragante jardín. Entonces, sacó una llave y abrió la puerta de la casa.

Tras cruzar el umbral, Jackson se volvió a mirar a su amigo. Compartieron la mirada de dos hombres que aman a la misma mujer, uno como a una hija y una amiga. El otro...

Jackson no estaba seguro de cómo la amaba él, de cómo le permitiría Haley que la amara. Sabía que no se merecía que ella se lo permitiera como amante y compañera, pero, al menos, había comprendido lo que deseaba.

Jesse volvió a asentir. Entonces, Jackson se dio la vuelta y empezó a subir las escaleras que le llevarían hasta el pequeño dormitorio. Antes de entrar, oyó que Jesse cerraba la puerta principal y se marchaba.

El viejo vaquero atravesó lentamente el jardín. Entonces, se volvió para mirar hacia la casa. De repente, vio que una luz se encendía en una ventana. A continuación, salió del jardín y se metió en su furgoneta.

–Buena suerte –susurró, al tiempo que un relámpago volvía a cruzar el cielo–. Buena suerte a los dos.

El trueno tardó unos segundos en contestar. La tormenta todavía estaba lejos mientras Jesse Lee, sin mirar atrás, se marchaba de Jessamine Street.

Cuando se orientó en el dormitorio de Haley, Jackson apagó la luz. Guiado por la memoria y por la penumbra que reinaba en la habitación, la llevó a la cama. Allí, rebuscó bajo la almohada hasta que encontró el camisón que seguramente se ponía por la noche. La suave tela de la prenda resultaba muy provocativa, enloquecedora...

La habitación era muy al estilo de Haley. Espartana, práctica, con algunos detalles que la hacían única. Además, olía como ella, con un ligero aroma a jazmín.

Trató de olvidarse de aquellos detalles, como el perfume que llevaba resultara tan apropiado para el nombre de la calle y recordó que había ido allí para asegurarse de que Haley dormía. Y, cuando estuviera lista para escuchar, para disculparse y explicarse ante ella.

—Dormir, descansar, disculpa y explicación —susurró, mientras desdoblaba el camisón, que era tan tentador como se había imaginado.

—¿Hmm? —murmuró ella, acurrucándose contra él.

—No ha sido nada, tesoro. Solo tenemos que quitarte este vestido y ponerte el camisón.

Ella se rebulló y se pegó más contra él. Su cabello rozó la mejilla de Jackson, que tuvo que armarse de valor para enfrentarse a sus instintos más bajos. Entonces, le deslizó la mano por la espalda hasta encontrar la cremallera.

Haley era tan suave, tan dulce... Por fin, encontró la cremallera. Cuando se la bajó y descubrió que solo llevaba unas braguitas debajo, sintió que aquello añadía más fuego a su infierno personal.

—Puedo hacerlo —musitó, medio para animarse, medio para convencerse—. Y puedo hacerlo como un caballero.

Le deslizó el vestido por los hombros. A la suave luz, sus pechos eran oscuros, con sus pequeñas cimas más oscuras aún y tan tentadoras... Anhelaba sentir su suavidad sobre los labios, enredarlos con la lengua y lamerlos lánguidamente. Quería...

–Jackson, ¿qué estás haciendo? –preguntó Haley, de repente. Al mirarla, vio que ella le observaba muy atentamente, aunque parecía confusa–. Pensé que había soñado contigo. Me estabas abrazando como si sintieras algo por mí, como si yo fuera muy valiosa para ti... Entonces, supe que solo podía ser un sueño. Sin embargo, estás aquí... Jesse... ¿Dónde está Jesse? Era él quien me traía a casa.

–Y así fue, Duquesa, pero ya se ha ido.

–¿Que se ha ido? ¿Por qué? Iba a ofrecerle una taza de café. A Jesse le encanta el café.

–Así es, pero ya ha vuelto a River Trace. Estira los brazos, solo un poquito –dijo él, como si ayudara todos los días a desnudarse a una mujer hermosa. El vestido se deslizó por fin, pero Haley no pareció notar o importarle que estuviera casi desnuda en brazos de Jackson.

–¿Por qué?

Haley se movió de nuevo. La frescura de la piel de ella contrastaba con el acaloramiento que sentía en la de él. Los pechos y los pezones que tanto deseaba besar le tocaban suavemente el pecho. Jackson perdió el hilo de la conversación.

–¿Por qué se ha marchado Jesse? –insistió ella.

–Cuando llegasteis, tú estabas dormida. Venga, tesoro, levanta los brazos

Ella obedeció sin rechistar, por lo que a Jackson no le costó ningún trabajo ponerle el camisón.

–Jesse se marchó porque le dije que yo cuidaría de ti –añadió, dándose cuenta de que Haley estaba completamente despierta. De hecho, probablemente lo había estado desde el momento en que él la había sacado del coche de Jesse.

–Tú nos estabas esperando.

–Sí. Estaba sentado en los escalones de entrada cuando llegasteis.

Un relámpago iluminó el rostro de Haley. Jackson vio que había fuego en aquellos ojos azules. La tela beige del camisón parecía estar recibiendo toda la electricidad que había entre ellos. El cuerpo de Haley, sus pechos, resultaban aún más provocativos cubiertos de aquella suave seda.

–¿Quieres explicarme por qué, Jackson?

–He venido a disculparme. Por todo y, especialmente, por lo de esta noche. Me entrometí en tu vida y no tenía derecho alguno a hacerlo.

–¿Porque sabías que estaba cansada y sentías que yo debía descansar?

De repente, Haley se puso de pie y se dirigió a las puertas, que daban a la terraza. Tras abrirlas, salió al balcón. La tormenta seguía estando lejos de allí, pero la brisa que soplaba moldeó la seda del camisón contra su cuerpo. Entonces, se dio la vuelta y se apoyó sobre la barandilla, con los brazos cruzados bajo el pecho. A continuación miró al hombre que había amado desde tanto tiempo atrás a los ojos. Iba siendo hora de que recuperara el control de su vida, hora de que Jackson Cade aprendiera una lección y comprendiera las reglas del juego de amar y de ser amado. Sin embargo, aquello tendría que esperar hasta el día siguiente.

–Había otra razón por la que estabas enfadado con tus amigos esta noche –dijo ella–, ¿me equivoco?

–No. Había otra razón –confesó él, apretando las manos, que ansiaban conocer el tacto y los contornos de su cuerpo.

Haley abandonó el balcón y se acercó a la puerta, mirándolo muy intensamente.

–¿Vas a decirme por qué, Jackson?

–Me sentía molesto porque no quería ni que Daniel, ni Cooper, ni Yancey ni Jesse te tocaran. Me enfadé con ellos porque estaba celoso.

–Porque me deseas.

–Sí.

–Me deseas, pero no has venido para hacerme el amor.

–No, no he venido para hacerte el amor.

En aquel momento, Haley levantó los brazos y se quitó el pasador que le sujetaba el cabello. Sacudió la cabeza y dejó que su alborotada melena le cayera suavemente sobre los hombros, como en una lluvia de oro y plata. Entonces, avanzó lentamente hacia Jackson, como si tuviera todo el tiempo del mundo.

–¿Por qué has venido tan decidido a no hacerme el amor?

–Porque, por una vez en mi vida, quería hacer lo correcto.

–¿Por mí?

–Por ti.

–¿Y si yo no quiero que sea así? ¿Y si deseo que me hagas el amor, sin disculpas, sin promesas, pensando solo en esta noche y no en el mañana? ¿Qué pasaría entonces, Jackson?

–Hace unas horas, estabas muy enfadada conmigo. Demasiado enfadada para esto –susurró él, dando un paso al frente.

–Sí. Estaba enfadada con el hombre que eras hace unas horas. Ese hombre no habría venido aquí esta noche ni hubiera admitido que estaba celoso...

Haley se puso de puntillas y le rozó los labios con los suyos. Una, dos veces, torturándolo, seduciéndole con el beso...

–Duquesa... Esto no puede ser lo que tú deseas. No sabes lo que estás haciendo...

–Claro que lo sé, mucho mejor que tú, Jackson –susurró ella, riendo–. He sabido que quería hacer esto desde que tenía quince años.

Capítulo Nueve

–Jackson...

Con la palma de la mano, le rodeó la mejilla. Los dedos le tocaban suavemente la piel sobre la que ya empezaba a nacer la barba. Con los dedos, buscaba la boca, la dura boca que podía transformarse en suavidad por medio de una sonrisa. O de un beso.

Un beso... Necesitaba un beso en aquel momento más de lo que necesitaba respirar. Poco a poco, los dedos empezaron a alejarse de la boca, para acariciarle primero la garganta y luego la mandíbula. Mientras ella se ponía de puntillas para tomar lo que con tanta necesidad ansiaba, fue bajándole la cabeza poco a poco.

Jackson no se resistió. A través de la boca, se rindió a ella. No se movió, como si con aquel beso, ella le demostrara que todos los prejuicios que Jackson había tenido eran una mentira. Poco a poco, ella fue despojándole de todas las protecciones que se había colocado como escudo, un escudo que se desintegraba con cada caricia.

Su decisión de no hacerle el amor fue demasiado débil. En realidad, tal y como estaba admitiendo, había querido hacérselo desde la noche que ella había acudido a River Trace y había dormido en su cama. La deseó entonces y la deseaba en aquellos momentos. Le acarició los hombros, tratando de resistir la caricia de seda de su piel, de alejarla de él.

–No, Duquesa. Esto no puede ser. Estás cansada. No sabes... –susurró. Recordó que aquella noche, después de la gala, ella le había pedido que se marchara.

–¿Lo que estoy haciendo? Ah, Jackson. ¿Acaso no sabes que estaba despierta desde el primer momento en que me tocaste? ¿No sabes que sé lo que te costó venir aquí esta noche y lo que significa? ¿No sabes que lo que veo en tus ojos es la mirada con la que he soñado desde que tenía quince años?

¿Quince años? Jackson la miró perplejo. Haley sintió la necesidad que él tenía de una respuesta, pero se perdió en un arrebato de deseo aún más fuerte. Cuando él volvió a mirarla, sus ojos se llenaron con la pasión de sus sueños.

–No estoy cansada. Nunca me he sentido más viva de lo que me siento ahora. Y nunca he estado más segura de lo que deseo. Te deseo a ti, Jackson, a ti y todo lo que significas. Si eso te sorprende, lo siento, pero no por mí misma, sino por ti. ¿Quién sabe dónde nos podría llevar esta noche? Yo no tengo una bola de cristal, pero hace mucho tiempo aprendí que la vida no viene con garantía. He cometido errores, me he sentido desilusionada y he sufrido, pero he sobrevivido. Y volveré a hacerlo.

Cuando esta noche viniste a mí, pensé... Oh. Me he vuelto a equivocar. En realidad no me deseas, ¿verdad, Jackson?

–No –gruñó.

Haley bajó la cabeza. Durante unos minutos, ninguno de los dos se movió. Una brisa entró por la ventana y revolvió el cabello de Haley. Al sentir cómo su perfume lo envolvía, Haley extendió la mano para buscar un mechón perdido con la intención de apartarlo. El ligero roce de sus dedos sobre la mejilla de la joven provocó un suspiro en ella.

Cuando levantó de nuevo la cabeza, el color le había desaparecido del rostro. Su palidez era evidente incluso en aquella penumbra.

–Ha sido culpa mía –susurró.

–No –musitó Jackson–. No. No es culpa tuya. Y no. Yo no debería estar haciendo esto. ¡Maldita sea! ¡Me juré que no haría esto...! –añadió, como fuera de sí–. Sin embargo, lo estoy haciendo.

De repente, su deseo ya no era sutil. La estrechó con fuerza contra sí y profundizó el beso. Se llenó las manos con el cabello de Haley y la sedujo con sus seductores labios y con el movimiento de la lengua.

–Espera –dijo él, mientras se alejaba de ella justo lo suficiente como para poder despojarse de chaqueta y camisa, para volver a unirse enseguida a ella.

Solo la más ligera seda y encaje los separaba, pero hasta aquello era demasiado. Quería verla, sentir la suave piel de su cuerpo contra la suya. Mientras le besaba la garganta, enganchó un dedo en cada hombrera del camión y dejó que se deslizara hasta el suelo. A excepción de unas minúsculas braguitas, Haley estaba desnuda y entre sus brazos. Ella temblaba y le devolvía el beso entre profundos gemidos, que eran respuesta al modo en que él le estaba acariciando los pechos y las caderas.

Sin embargo, a pesar del placer, Haley tenía que saberlo.

–¿No es un error?

–No.

–En ese caso, por muy guapo que estés con esa ropa tan elegante, estás demasiado vestido para la ocasión –susurró ella, mientras encontraba la cremallera y apartaba las prendas que consideraba tan ofensivas–. Eres muy hermoso...

–Creo que eso debería decirlo yo, Duquesa –musitó Jackson, riendo.

Le acarició de nuevo los pechos. Los pezones que tanto le habían turbado a través del encaje, estaban duros y erguidos contra la palma de su mano. Aquella vez, el deseo no le ordenó a Jackson que la sintiera completamente. En vez de eso, mantuvo las distancias y observó cómo el deseo crecía dentro de ella con sus caricias.

Jackson conocía bien el cuerpo de una mujer. Había tenido amantes, aunque no tantas como se pudiera pensar, y le gustaban mucho las mujeres. Sin embargo, nunca había visto a otra que le resultara tan encantadora, tan excitante. Nunca otra mujer le había hecho desearla de aquella manera.

—En estos momentos, me parece que eres la criatura más hermosa que he visto nunca...

—Me alegro. Quiero ser hermosa para ti.

Sus labios se unieron una vez más en un beso. Aquella vez fue demasiado apasionado, demasiado urgente, pero ninguno de los dos buscaba ya ternura.

Mientras la llevaba a la cama, Jackson sintió que no había reglas, ni historia entre ellos. Nadie había sentido lo que ellos sentían ni había amado como ellos iban a amarse. Jackson, el rebelde, tembló al sentir de nuevo bajo sus dedos la suave piel de Haley. El suspiro que ella exhaló cuando él le chupó un seno, le robó el corazón. Sin embargo, en aquellos momentos, nada importaba más que sus caricias, el modo en que le acariciaba pechos, cintura y más abajo, hacia el lugar que otro hombre había marcado, la flor de cicatrices que quedó al descubierto cuando le quitó la última prenda.

Por cada uno de aquellos pétalos, Jackson depositó un beso. Se llevó el horror que cada uno de ellos representaba, el dolor, igual que ella se había llevado su corazón. Comprendió la fuerza de una mujer que respondía al agravio con dignidad, a la insolencia con cortesía, una mujer que conquistaba con gracia y compasión.

Cuando se tumbó sobre ella, empujado por el deseo de hacerla suya, con sus caricias y sus besos encontró la gracia, la compasión y el honor que ella tenía.

—Duquesa —susurró Jackson, contra la tierna carne de los pechos de ella, antes de besarla una vez más.

La sedujo con sus besos y, a medida que se iba perdiendo más entre sus brazos y que su cuerpo se unía al de ella, supo que jamás, le devolvería su dolor y que no podría recuperar su corazón.

Haley se despertó por fin. Cada vez que se había despertado, había gozado con el amor que Jackson le había dado, cada vez de un modo diferente.

Nunca fue menos posesivo, menos provocativo que entonces, pero la pasión impaciente se tornó paciente. Los besos más fieros se hicieron tiernos, las caricias lánguidas y eternas. Cada vez, Haley pensaba que no podía desearlo más y, cada vez, descubría que estaba equivocada. Haley no era una mujer de gran experiencia, pero no la necesitaba para comprender que en el acto físico de amar a Jackson, y de verse amada por él, siempre había más.

Le demostró que la pasión, como la valentía y la fuerza, no es nunca estática. A medida que las caricias y los besos cambiaban, también lo hacía la respuesta de Haley. Jackson le demostró también el poder que tenían sus caricias y la hizo reír por el gozo de ser mujer, un sonido que para él fue música celestial.

Más allá de las puertas abiertas, del balcón, ya había amanecido. Mientras el día empezaba para el resto del mundo, el cuerpo de Haley relucía con el dulce sudor del deseo saciado, pero ella fue quedándose en silencio y quieta. Por fin, sabiendo que el mejor regalo que podía entregar un amante era saber dar y saber recibir, se había quedado dormida.

Temeroso de despertarla, Jackson veló su sueño. A medida que la mañana fue avanzando, se dio cuenta de lo profundamente que dormía y se arriesgó a tocarle el cabello y comprobó que, en un mechón, tenía más tonos de oro y plata que él nunca había creído que existieran.

Su cabello era un resumen de la mujer que Haley era: una mezcla de muchas cosas, todas ellas intrigantes. De repente, sintió la necesidad de andar, de moverse, de considerar otras cosas. Se levantó, se vistió y, tranquilamente, salió a explorar la casa y el jardín que llevaba ya la impronta de su presencia.

Una hora y un par de llamadas más tarde, salió al jardín. Aquella era la única parte de la casa que Haley había dejado prácticamente como estaba. A pesar de todo, no dudaba que era ella la que se encargaba de sus cuidados.

Se la imaginó arrancando malas hierbas. En su paseo, llegó hasta la escalera metálica que llevaba al balcón del dormitorio de Haley y, sin poder evitarlo, se preguntó si no sería él también una mala hierba que debería haber arrancado de su vida.

Sin comprender del todo por qué no lo había hecho, empezó a subir las escaleras. Para cuando llegó a lo alto del balcón, conocía la respuesta a la adivinanza que ella le había hecho sobre el amor que había sentido por él a los quince años.

–Quince...

Trató de encontrar en sus recuerdos una muchacha que podría haber sido la Haley de entonces, pero no pudo conseguirlo. Decidió sentarse al lado de la cama, para esperar que ella se despertara y poder resolverlo juntos.

Mientras la miraba, se dio cuenta de que aquella muchacha lo intrigaba profundamente, pero mucho menos que la mujer que provocaba tales reacciones en él. Amaba a las mujeres, pero nunca había estado enamorado. Siempre había mantenido las distancias con las mujeres profesionales, hasta que conoció a Haley. De repente comprendió que sus defensas no habían servido de nada con Haley y que el credo que había regido la mayor parte de su vida no se le podía aplicar a ella.

–Te estás preguntando cuánto tiempo va a durar esto –dijo Haley, de repente.

–Buenos días, dormilona –respondió Jackson, al ver que ella estaba apoyada sobre un codo, contemplándolo–. ¿Has dormido bien? –añadió, pensando en que las mañanas siempre serían así, tan deliciosas, con Haley.

–Como no lo había conseguido en mucho tiempo. Y durante más tiempo del que puedo recordar.

Jackson se dio cuenta de que, sin poder evitarlo, la deseaba de nuevo. De repente, en vez de dejarse llevar por la pasión, se puso de pie y decidió que lo que necesitaba en aquellos momentos era charlar con ella, conseguir que los dos comprendieran aquella noche.

–¿Cómo voy a conseguir racionalizar esto, Duquesa? –le preguntó, mientras miraba el jardín–. ¿Cómo voy a explicarme el abandono de uno de los principios más fuerte de mi vida? Soy testarudo, tengo una opinión sobre todo y soy poco razonable. Nadie sabe mejor que yo que Jackson Cade es inamovible, excepto...

–Excepto en lo que se refiere a mí –dijo ella,

apareciendo de repente a su lado, envuelta en una sábana.

—Tú eras la clase de mujer que yo había odiado durante veinte años. Sin embargo, en cuanto te vi, supe que me traerías problemas.

—La noche en la que me llamaste para que fuera a River Trace...

—Muchos antes, en el que fue tu primer día en la clínica. Fui a hablar con Lincoln y al verte en su despacho, me di la vuelta corriendo y me marché. Un hombre hecho y derecho huyendo de una mujer que es casi la mitad de su tamaño... Suena ridículo, ¿verdad? Sin embargo, no pude dejar de correr y traté de evitarte en todo momento, a toda costa. Cuando nuestros caminos se cruzaban, por muy lleno de gente que estuviera el lugar, yo siempre sabía dónde estabas tú, lo que estabas haciendo y con quién estabas. Me decía que no me gustabas y que nunca me gustarías e intenté creerme cada una de mis palabras. Entonces, Lincoln se marchó a ese seminario y tú fuiste mi última esperanza. Aquella noche los cimientos de mi vida se desmoronaron a mis pies.

—Háblame de ella —dijo Haley, de repente. Veinte años atrás, cuando él tenía catorce, solo pudo haber una mujer que pudiera hacerle un daño tan cruel—. Háblame de tu madre.

—¡De mi madre! ¿Quién te lo ha contado?

—No me lo ha contado nadie, pero yo sé sacar conclusiones.

—Nadie supo nunca que yo había ido a buscarla. Nadie supo nunca que la encontré. Era una mujer elegante y distante, una empresaria de éxito. Nadie sospechaba que tenía un hijo, un pobre granjero del sur y así prefería ella que siguiera siendo. Cuando me echó de su elegante despacho, me dijo que no quería volver a verme ni saber de mí. Solo se había casado con Gus por dinero. A mí me concibió deliberadamente para poder reclamar los millones que ella esperaba. Cuando descubrió que la riqueza de mi padre se basaba solo en unas tierras que no iba a vender nunca, abandonó el matrimonio y el hijo que nunca había querido. Se rio de mí, pero me dijo que tal vez yo tendría esperanzas. Después de todo, era hijo suyo.

—Así que regresaste a casa odiándola a ella y a todas las mujeres que se le parecieran remotamente. ¿No se lo has contado nunca a nadie?

—Hasta ahora, no. Solo a ti.

—Esa mujer era un estúpida, Jackson —le aseguró ella. Entonces, casi de repente, comprendió que había sido entonces cuando había empezado a prestarle atención a las chicas menos populares, menos atractivas, a las chicas que menos se parecían a su madre. Y por aquel desengaño vino la felicidad para la Haley de entonces—. No te acuerdas de un baile que hubo en el instituto cuando tenías diecisiete años, ¿verdad?

—Cuando yo tenía diecisiete años, había docenas de bailes.

—Lo sé. Me imagino que las caras se mezclan las unas con las otras... pero una debe de preguntarse por la coincidencia de un momento en tres vidas.

—¿Tres?

—Tú tenías catorce años cuando tuviste un encuentro que afectó toda tu vida... Ethan estaba en la universidad y yo tenía quince años y estaba totalmente sola cuando tú bailaste conmigo. Yo era la más pequeña, la menos agraciada y la más tímida de las chicas y me escondía tras la sombra de las que eran más altas y más guapas que yo. Era recién llegada a la ciudad y nadie quería entablar amistado conmigo. Yo no quería venir aquí, pero mi tía abuela, con la que me alojaba temporalmente, insistió. La primera parte de aquella noche fue el horror que yo me había imaginado. Entonces, empezaron los susurros. Decían que se acercaba Jackson Cade. Yo no sabía quién era ese tal Jackson, pero, por la excitación de las otras chicas, me imaginé que sería alguien muy especial. Entonces, te vi con un impecable traje, estabas tan guapo... Y venías directamente hacia mí.

–¡Guapo! –exclamó él, en tono de mofa.

–No digas nada. Piensa en lo que sentía entonces una muchacha asustada al ver que un joven alto y guapo le pide bailar. ¿Cómo no iba a resultarle especial? ¿Cómo no iba a vivir en sus recuerdos para siempre?

–Lo siento, Duquesa, pero no me acuerdo de nada –musitó él, tomándole una mano y llevándosela al pecho. Entonces, se acercó la mano a los labios y la besó–. Ojalá pudiera, ojalá hubiera habido más de una noche. Si te hubiera conocido mejor entonces, tal vez habría sido un hombre diferente ahora.

–No importa que no te acuerdes. Incluso yo sabía que me olvidarías. Con quince años, yo aparentaba doce. Que tú te acuerdes de mí o me hayas olvidado no es lo importante.

–¿Y qué lo es, Haley? ¿Qué puede ser tan importante sobre aquella noche?

–Bailamos durante más tiempo del que solías hacerlo con las chicas como yo, Jackson. Bailamos toda la noche. Sospecho que te apiadabas de mí y no querías volver a dejarme sola.

De repente, la memoria de Jackson materializó en sus recuerdos a una niña, con el cabello rubio, casi blanco. Recordó unos ojos demasiado grandes, que lo miraban intensamente. Habló poco y ni siquiera le dijo su hombre, pero ella escuchaba todo lo que él decía sin pestañear.

Efectivamente, le había parecido que estaba tan asustada, que no había podido dejarla sola. Resultaba extraño que más de veinte años después, y tras tantas mujeres, recordara tan nítidamente a una niña asustada.

–Te dije que tenías que creer en ti misma, tanto si eras hermosa o lista, que debías creer en ti aun cuando nadie más lo hiciera, ¿verdad?

–Sí. Y lo que he hecho con mi vida, los éxitos y los fracasos, lo he hecho sola. Sin embargo, la primera chispa de confianza en mí la recibí aquella tarde. Aquel muchacho se convirtió en mi talismán. Sus palabras fueron parte de mi éxito y el consuelo de mis fallos.

–Lo único que necesitaba era un caballo blanco, una espada para luchar contra los dragones –bromeó él, al sentir que Haley le estaba llegando demasiado al corazón.

–No necesitabas caballo alguno para convertirte en mi caballero andante. Tus palabras eran tu espada, una espada que me regalaste a mí para que yo luchara contra mis propios dragones.

–Es imposible que yo hiciera todo eso por ti, Haley, en una sola noche. Y mucho menos a esa edad. El muchacho que tú recuerdas ha crecido y, dado mi comportamiento, me temo que, como yo había predicho, se ha convertido en el hijo de su madre. En la fiesta de Eden, tú me pediste que me marchara y te juré que no volvería a entrometerme. En un momento te lanzo un discurso y, al siguiente, no tengo fuerza de voluntad para apartarme de ti. En lo que a ti se refiere, no puedo cumplir nunca lo que digo. Tú ya has sufrido más que suficiente, Haley, y yo he tenido mucho que ver con tu sufrimiento en las últimas semanas. No quiero añadir más. De hecho, no debería estar aquí, pero lo estoy. Lo de anoche, nunca debería haber ocurrido, pero no fue así. Entonces, ¿qué vamos a hacer a partir de ahora?

–¡Vaya! Menudo discurso. ¿Lo has practicado mientras yo dormía? –dijo ella, en tono de broma.

–Sí. Parte esta mañana, en el jardín.

–¿Qué parte?

–La parte sobre anoche, sobre el hecho de que deberías sacarme de tu vida...

–La parte sobre no hacerme el amor...

–Si tenías razón en lo que dijiste, si hacerte el amor era un error, si era un error, yo...

–¿Lo sientes?

–Sí.

–Pues yo no. Y no fue un error. Yo no lo siento. Si lo sintiera, no estaría aquí, esperando.

–¿Esperando? No lo digas si no lo sientes.

–Lo siento. Siento todas y cada una de las palabras...

–Entonces, dímelas. Déjame oír lo que deseas.

–De acuerdo –susurró Haley. Entonces, levantó el rostro y lo miró, con ojos brillantes y expresión solemne–. Quiero que me hagas el amor, aquí, ahora, para siempre... –añadió, abriendo la mano para que la sábana fuera cayendo–. ¿Quieres hacerme el amor, Jackson?

La sábana casi no había tocado el suelo cuando él, como respuesta, la tomó entre sus brazos.

Capítulo Diez

–Tres.

Haley levantó los ojos del vaso de zumo que se acababa de servir, con un gesto atónito en el rostro.

–Tú dijiste que tres vidas se habían visto afectadas muy significativamente a una edad similar –dijo Jackson, explicando así sus repentinas palabras.

Habían disfrutado juntos de un desayuno tardío, que Haley había preparado y que habían tomado juntos en la tranquilidad del jardín.

–Estabas hablando de John Rabb, ¿verdad? –añadió él, cayendo de repente en la cuenta–. Él era el que se había visto afectado a una edad similar.

–Sí –admitió ella, sintiendo que una ansiedad iba reemplazando el gozo que los había envuelto hasta entonces–. Efectivamente, estaba hablando de Johnny.

Johnny. Jericho le había dicho que Haley llamaba Johnny al muchacho. Al observarla y notar el cambio de gesto en su rostro, Jackson lamentó haber dejado que aquella parte de realidad penetrara en su mundo perfecto. Sin embargo, no había otro momento en el que pudiera hacerlo. A pesar de que Merrie había accedido a sustituirle en River Trace aquella mañana, tendría que marcharse, mucho antes de lo que deseaba hacerlo. No obstante, sentía que todavía tenían muchas cosas que solucionar, siendo una de ellas el interés que Haley tenía por el muchacho y las visitas que había realizado a la zona

123

en la que vivía. Al recordar que había ido ella sola a aquella parte de la ciudad, sintió el peligro que la había acechado como una mano negra. Jackson quería desesperadamente que ella dejara de visitar un mundo que tenía muy poco que ver con el suyo, aunque sabía que no tenía derecho a impedírselo.

–¿Qué sabes sobre los Rabb, Duquesa? ¿Cómo te pusiste en contacto con ellos? No son el tipo de personas que se preocupa mucho de sus animales. Si uno enferma o se hace daño, o se pone bien o muere. Dudo que la palabra veterinario esté en su vocabulario.

–Conozco su reputación y sé que son crueles y poco sociables con la gente y poco cariñosos con sus animales, pero Johnny no es así. Me trajo una perra. El animal había tenido cachorrillos, pero los había perdido todos. La había encontrado por ahí, sola y abandonada. Estaba muerta de hambre y tenía una infección. Quería ayudarla, pero no tenía dinero. Todavía no he podido rechazar a nadie que quiera curar a un animal solo porque no tenga fondos, y espero no hacerlo nunca.

–Así que trataste a esa perra.

–No tenía muchas esperanzas de que sobreviviera, pero Johnny no se rindió. Venía a visitarla todos los días, se sentaba con ella y le hablaba, diciéndole lo fuerte y lo valiente que era –susurró Haley, con la mirada perdida en el jardín–. Creo que fue él, más que mi tratamiento, lo que consiguió que salvara a ese animal. La llamaba Lady. A pesar de que le dije que no importaba que no tuviera dinero para pagarme –añadió, volviéndose para mirar fijamente a Jackson–, cuando vino a recogerla, me ofreció un dibujo como pago por los cuidados que yo le había dado y me preguntó si creía que era bueno o que valía lo suficiente.

–Estoy seguro de que era maravilloso, ¿verdad?

–¿Has visto ya cómo pinta? –preguntó ella, esperanzada.

–Jericho me mostró gran parte del trabajo de John Rabb anoche, cuando su madre le llevó a la comisaria para que confesara que él era el responsable por lo que le había ocurrido a Dancer. También llevó una carpeta llena de dibujos que había hecho desde que tenía seis años.

–¿Cómo está? –quiso saber Haley–. ¿Qué le va a ocurrir?

–En respuesta a tu primera pregunta, estaba tranquilo, pero muy serio. Cooperó. Seguramente, estaba agotado por el peso de la culpa que llevaba sobre los hombros.

–Tiene miedo, Jackson –intercedió ella–. De muchas cosas, de demasiadas cosas que un niño de su edad ni siquiera tendría que haber conocido.

–Lo sé, pero para responder a tu segunda pregunta, todavía no se ha decidido lo que le ocurrirá. Es una paradoja, pero es un muchacho muy dotado. Después de vivir como un Rabb, me imagino que no sabe mucho quién es y lo que debería ser. Su talento le debe resultar tan sorprendente como gratificante. ¿Y cómo va a poder justificar un niño que ha vivido siempre en un ambiente tan hostil y tan poco civilizado que le gusta dibujar? En su mundo, debe parece una opción ridícula. Sin embargo, Jericho y yo estamos deseando jugarnos algo a que tiene integridad.

–¿Cómo puedes decir eso después de lo que le hizo a Dancer?

–Es solo un niño, Haley, con un hermano que tiene la edad suficiente como para poder ser su padre. Por mucho que no me guste lo que hizo, entiendo perfectamente que tuviera que ceder bajo la presión de Snake. Y precisamente porque estamos convencidos de que este es el caso, a Jericho y a mí se nos ha ocurrido una opción a la que él cree que le dará el visto bueno un juez.

–¿Y es?

–Antes de decirte las opciones que hay –dijo Jackson, entrelazando su mano con la de ella–, me gustaría que me dijeras las similitudes que ves en nuestras vidas.

–¿Crees que eso importa?

–A mí sí. Necesito comprender lo que viste en ese muchacho y lo que crees que se puede hacer por él. Jericho, a pesar de que es muy compasivo, ve el asunto desde el punto de vista de un sheriff y yo soy la parte afectada. Me gustaría saber lo que piensa una amiga.

–¿Vas a ayudarlo a pesar de lo que ha hecho, a pesar de que es un Rabb?

–¿A pesar de que es un enemigo eterno de los Cade? –replicó Jackson, sonriendo–. Si hay esperanza, sí, claro que lo ayudaría. A pesar de que sea un Rabb.

Haley apartó su mano de la de él y se puso de pie. Necesitaba pensar, considerar su situación y elegir las palabras con cuidado y le resultaba imposible conseguir ninguna de las tres cosas cuando Jackson la estaba tocando. Cuando la miraba, con unos ojos que parecían decirle lo mucho que deseaba tumbarse con ella sobre la hierba y hacerle el amor, no podía pensar en otra cosa.

Dejó del lado aquellos tórridos pensamientos, se puso a pasear, pensando lo que debería decir. Sin embargo, no se le ocurría nada. Solo tenía la verdad desde el punto de vista que ella la comprendía.

Cuando descubrió por fin lo que quería decir, regresó al lado de Jackson. Entonces, le tomó el rostro entre las manos y aspiró el aroma que él desprendía. Durante un momento, recordó la ducha que habían compartido y cómo caía el agua sobre sus cuerpos mientras hacían el amor.

¿Cuántas veces durante las últimas horas se había saciado Jackson en su cuerpo? No lo recordaba ni le importaba. Sin poder evitarlo, sintió de nuevo el deseo en su interior.

–Es un cruce de caminos –murmuró–. La vida es una serie de cruces de caminos. Unos son buenos y otros malos. Sin embargo, siempre hay uno de ellos que marca nuestras vidas. Tú tenías catorce años cuando fuiste a buscar a tu madre. Cuando la encontraste, se comportó de un modo cruel contigo. Tú eras demasiado joven para asimilar aquello y para comprender que no todas las mujeres son iguales. Para cuando tuviste la edad suficiente para comprender la verdad, ese hábito estaba demasiado enraizado en ti como para que pudieras comprenderlo. Yo tenía quince años y no estaba buscando nada más que un lugar en el que esconderme. Entonces, por una noche, tú no me lo permitiste. Yo descubrí que a las personas no les molesta que las miren. Con tu acto de amabilidad, me diste la confianza que necesitaba. Fue un proceso lento y, a veces, doloroso, pero, después de un tiempo, descubrí que no me quería esconder y que no necesitaba hacerlo.

–Un cruce de caminos. Uno negativo, otro positivo. Ahora, Johnny Rabb está en ese cruce de caminos, en el peor de su vida.

–O en el mejor.

–Sí, tienes razón. Puede seguir el camino de sus hermanos y tirar por la borda un talento sorprendente o podemos ayudarlo y terminar con un enfrentamiento que ya ha durado demasiado tiempo y que no ha hecho nada más que perjudicar a los Cade y a los Rabb.

–El padre de Johnny se cayó de un árbol y se mató cuando se le disparó su propio rifle. Estaba cazando furtivamente ciervos en las tierras de los Cade. Junior está cumpliendo condena por tratar de matar a Adams. Snake obligó a Johnny a tratar de matar a Dancer... ¿Cuándo va a terminar todo eso?

–Con Johnny y con su madre. Daisy Rabb ha visto la ruina de su familia. Solo le queda un hijo al que pueda intentar salvar.

–No puede hacerlo sola, Jackson.

–Ni tendrá que hacerlo. Nosotros la ayudaremos –dijo Jackson, haciendo que Haley se le sentara en el regazo.

–¿Nosotros?

–Creo que puedo hablar en nombre de mis hermanos, especialmente del de Jefferson, cuando vean el talento del muchacho. Y también podremos contar con Jesse cuando este compruebe el amor que Johnny siente por los caballos. Si Jericho tiene problemas con el tema judicial, Adams conoce a algunos de los mejores abogados del país. Sin embargo, el factor más importante eres tú, Duquesa. Ese muchacho confía en ti. Si esto va a ser un éxito, dependerá mucho de la confianza que ese chico tiene en ti.

–Yo ayudaré todo lo que pueda, Jackson, eso ya lo sabes, pero todavía no me has dicho cuál es el plan.

–Dada la edad de Johnny, Jericho espera que salga absuelto si... si yo accedo a ser el tutor del chico, lo que significa que tendría que venir a vivir y a trabajar en River Trace.

–¿A vivir contigo? –preguntó Haley, atónita–. Jackson, ¿estás seguro? La responsabilidad que adquirirías sería enorme, aunque, si saliera bien, sería estupendo para Johnny, pero si no... ni siquiera quiero pararme a pensar la tragedia que podría ser. ¿Has pensado también cómo reaccionará Snake cuando se entere? ¿Y la pobre Daisy? ¿Te has parado a pensar la venganza que ese animal llevaría a cabo contra su propia madre cuando se entere de lo que ha hecho? Creo que es mejor que no hagas nada, Jackson –añadió, mesándose el cabello–. Por mucho beneficio que pudiera reportarle a Johnny, es demasiado peligroso para los demás. Demasiado peligroso... Snake vendría por ti. Sabes que lo haría. Sé cómo se comporta y conozco el odio que les profesa a todos los Cade, y especialmente a ti.

–Ni siquiera para alguien como Snake merece la pena ir a la cárcel por tan poco.

Haley sabía que estaba descartando a aquel hombre demasiado a la ligera. Sabía la clase de animal que era y seguramente Jackson sabía que si lo contrariaba, no lo olvidaría nunca.

–¿Y Daisy? –insistió Haley–. Probablemente ya está pagando las consecuencias por llevar a Johnny a la comisaría. Me pregunto si alguno de nosotros podemos comprender cómo será su vida si Johnny vive con un Cade como resultado de su traición, porque es así como Snake lo considerará. Y se vengará, en primer lugar con Daisy. Una de las razones por las que seguí yendo a visitar a Johnny, fue, aparte de ver al muchacho, para asegurarme de que Daisy estaba bien. Snake la maltrata constantemente. Ella no lo admite, pero he visto los hematomas. Johnny me dijo una vez que era peor desde que sus hermanas se habían casado y se habían marchado de la casa. Él también tenía de vez en cuando algún golpe, que sospecho le había dado su hermano borracho cuando el niño trataba de proteger a su madre.

–Snake no volverá a pegar a su madre –le aseguró Jackson, tocándola suavemente el brazo–. Si todo sale como está planeado, ella irá a vivir a River Trace con Johnny, aunque, si no fuera así, no importaría. Un agente federal lleva vigilándole algún tiempo. Yancey le ha dicho a Jericho que, antes de que acabe la semana, la investigación habrá terminado. Entonces, Snake Rabb tendrá que ir a prisión durante mucho tiempo, incluso más que su hermano. Hasta que termine el juicio, Daisy estará protegida. Ella ha colaborado con nosotros, por lo que es lo menos que podemos hacer por ella.

Haley estaba segura de que aquella decisión de Jackson iba a cambiar muy positivamente la vida de un muchacho. Mientras se inclinaba sobre él para besarlo dulcemente, susurró:

–Cruces de caminos...

Jackson decidió que Merrie, Jesse y los muchachos podrían arreglárselas sin él durante un poco más de tiempo. Entonces, se levantó con ella en brazos y se echó a reír.

–Nuestro cruce de caminos ha sido el mejor de todos...

–¿Qué tal va todo? –le preguntó Eden, que, tras dejar a su hija Noelle al cuidado de Adams, había salido a pasear con Haley por los pastos–. El asunto de Johnny parece estar funcionando.

–Sí. Ha funcionado, durante la mayor parte del tiempo –respondió Haley, tras apoyarse sobre el poste de una valla–. Cuando Jericho y el abogado que Adams contrató persuadieron al juez de que Johnny se beneficiaría más de lo que Jackson le ofrecía que de cumplir una condena, todo empezó a ir sobre ruedas, al menos durante la mayor parte del tiempo.

–¿Y durante la otra parte?

–La primera semana fue un poco difícil. Johnny se mostraba algo hosco y, a causa de Snake, Daisy tenía miedo. Sin embargo, Jackson lo llevó todo con mucha paciencia.

–Ese lado tan caballeroso de los Cade resulta sorprendente, ¿verdad? Es un lado amable en el que ninguno de ellos parece creer.

–Adams parecer comprenderlo muy bien. De hecho, no creo haber visto nunca un hombre más amable ni más satisfecho con su vida.

–No siempre ha sido de ese modo. Empezó con su padre. Gus era un hombre desesperado. Había tenido cuatro esposas, las había perdido a todas y tenía que cuidar de cuatro hijos. Que los adora resulta evidente ahora, pero no sabía muy bien cómo decírselo cuando más falta les hacía. Gus enterró su amor demasiado profundamente y eso provocó que ninguno de esos maravillosos hermanos supiera confiar en esa facete y creer en la amabilidad que atesoraban.

–¿Ni siquiera Adams?

–Muy especialmente Adams. Lo que más había deseado siempre había sido el amor de su padre. Hicieron falta tragedias, sacrificios y el paso del tiempo antes de que Gus se diera cuenta del daño que había hecho. Para entonces, Adams estaba convencido de que era un hombre duro y rudo, un hombre que nunca podría amar ni ser amado.

–Hasta que tú le demostraste que estaba equivocado –dijo Haley, con una sonrisa.

–No, hasta que el amor que sentía por mí le demostró que estaba equivocado. En menos medida, a Lincoln le ocurrió lo mismo y le pasará también a Jackson. Una vez, creí que si alguna de las esposas de Gus se hubiera quedado, todo habría sido diferente, pero ahora estoy segura de que todos habrían sido iguales. No estás viendo ni el lado más amable ni la verdad de Jackson Cade. Hace mucho tiempo, cada uno de los hijos de Cade aprendió a ocultar sus sentimientos y a proteger así unos corazones muy sensibles. Al amar y sentirse amados, Lincoln y Adams han aprendido que un corazón sensible no es una tara de la personalidad de un hombre. Al final, han conseguido verlo como una fortaleza en vez de una debilidad. Aunque ya está a medio camino –añadió Eden, riendo–, creo que al rebelde de la familia todavía le falta un poco para darse cuenta de ello. Sin embargo, te aseguro que cada minuto y cada dificultad merecen al final la pena.

–Lo sé...

–Entonces, ¿crees que lo vuestro va en serio?

–Sí... Bueno, todavía no me ha dicho que me ama, pero yo sé que es así.

–Entonces, debe de ser el único que todavía no se ha dado cuenta.

–Lo sabe, lo sabe, pero, en este momento, no está seguro de cómo abordar ese lado más sensible que tú acabas de describir, Eden.

–¡Dios santo! Jackson todavía no se ha dado cuenta de que la enorme preocupación que tiene de no hacerte daño es prueba de que sus dudas están infundadas.

–No se ha parado a pensar que todo el mundo lleva mucho bagaje a cualquier relación, ni que, cuando algo va bien, lo que haya ocurrido antes no importa. No puede entender que, a pesar de todo su fuego, es la persona más cariñosa que he conocido nunca. Es, sin duda, la mejor persona que he conocido jamás.

–En otras palabras, estás enamorada de él, Haley.

–Sí, en todos los sentidos.

–¿Cuándo piensas decírselo?

Haley no respondió. Durante un largo rato, miró el jardín, que estaba lleno de Cade que habían acudido para celebrar el cumpleaños de Johnny Rabb. Entonces, sacudió la cabeza.

–No se lo voy a decir, Eden, Jackson tiene que creer en su corazón profunda e irrevocablemente que lo amo –dijo Haley, recordando a una madre que no había sabido amar a su hijo–. Cuando lo crea, si es que llega a creerlo, será él quien me lo diga.

–¿Que quieres que te diga que lo amas y no que él te ama a ti? –preguntó Eden–. Tienes razón. Veo que conoces a tu rebelde muy bien.

–Lo amo, Eden. Llevo mucho tiempo enamorada de él.

–Un día, muy pronto, Jackson te dirá lo que quieres escuchar –le aseguró Eden, con una sonrisa en los labios. Entonces, enlazó el brazo con el de su nueva amiga y se dispuso a volver con ella hacia la casa–. Perfecto.

Una semana más tarde, Haley regresó a River Trace. Su día de trabajo, por suerte, había sido muy corto, pero en el otoño anochecía muy temprano en el sur. A la suave luz del atardecer, se aceró al porche en el que Daisy se mecía sobre un balancín. A pesar de que siempre la saludaba muy efusivamente, aquel día guardó silencio.

Al llegar a la escalera, Haley se dio cuenta de que Daisy estaba llorando.

–¿Daisy? ¿Qué pasa? ¿Estás enferma? ¿O es Johnny?

Daisy guardó silencio, pero no dejó de llorar. Haley se sintió a punto de estallar. Aquella mujer había soportado situaciones muy duras. Debería haber dejado de llorar hacía mucho tiempo.

–Daisy, ¿se trata de Johnny? –insistió Haley.

–No, no es Johnny –susurró Daisy, por fin.

–¡Es Jackson! –exclamó ella, dándose la vuelta para inspeccionar los campos.

–No, no. Nadie está herido. Es que ha habido un problema con uno de los caballos y Johnny cree que se le acusa a él. Está en el establo, con Jesse y Jackson, tratando de convencerles de que él no ha hecho daño a ese caballo... Ahora el juez lo enviará a la cárcel –añadió, entre sollozos–. Al final, no será mejor que sus hermanos. Será una vida desperdiciada, un talento perdido...

–Tal vez yo pueda ayudar –le dijo Haley. Entonces, tras darle un golpecito en la espalda para darle ánimos, salió corriendo en dirección al establo.

Al entrar, tardó un momento en ajustar su visión a la tenue luz del establo. Entonces oyó los cascos de un caballo y la voz furiosa de Jackson que trataba de calmarlo.

–¡No, Haley, no!

Todavía algo cegada por la falta de luz, dio un paso adelante. Demasiado tarde, se dio cuenta de que el ruido de cascos era un caballo tratando de soltarse. La enorme criatura le dio un golpe que la lanzó contra la puerta. El dolor se apoderó de ella un segundo después de ver que Johnny iba montado en el caballo. Mientras se preguntaba dónde diablos iba el chico con tanta prisa y por qué corría Jackson, sintió que las rodillas le cedían.

De repente, notó que los fuertes brazos de Jackson la sujetaban, pero no sabía que estaba desesperado. No oyó sus gritos ni el silencio que se produjo a continuación antes de que estallara de nuevo su voz para darle órdenes al viejo vaquero.

–Jesse, llama a Cooper, no me importa dónde esté ni lo que esté haciendo. ¡Dile que venga aquí enseguida! ¡Ahora!

Tan seguro como estaba de que Jesse haría lo que le había pedido, lo estaba de que se moriría si le ocurría algo a Haley. Entonces, la llevó al pequeño cuarto donde dormía el guardia.

Haley se movió. Sintió el olor de un establo y el de los caballos, pero también identificó rápidamente el aroma de Jackson. Aquellas sensaciones se mezclaban con el aire fresco de aquella tarde de otoño. De repente, se acordó del caballo.

–¡Johnny!

–No, Duquesa. No te muevas. Cooper está de camino.

Jackson estaba sentado al lado de la cama, sin dejar de mirarla, observando lo alborotado que tenía el cabello y el corte que tenía en la mejilla y que, al día siguiente, se convertiría en un hematoma.

–Lo siento, Duquesa, no pude detener a Johnny.

Haley tenía la boca muy seca. Le dolía mucho la garganta. En la distancia, se oía el suave relincho de un caballo, acompañado por la melódica voz de Jesse Lee, que utilizaba las frases que los vaqueros habían utilizado para calmar a los caballos durante siglos.

–¿Jackson? ¿Qué ha pasado? –preguntó, sintiendo la tensión en el cuerpo del hombre que más amaba–. ¿Es que ha hecho Johnny algo?

–Shh, calla, cielo. Cooper ya no puede tardar mucho.

Haley se tocó la cara y notó la hinchazón que tenía en la mejilla. Por su experiencia con las heridas, sabía que aquella no era grave. Como mucho, tendría dolor de cabeza.

–Estoy bien, Jackson. Llama a Cooper y dile que no venga. Lo único que me va a decir es que me ponga hielo, algo que tú puedes hacer igualmente.

–Debería verte.

–No, Jackson, no es necesario –afirmó ella, agarrándose a la cama para intentar ponerse de pie. Se sentía mareada y le dolía la cara, pero había tenido peores heridas–. Estas cosas ocurren. Sé perfectamente si una herida puede llegar a ser grave o no y en una escala del uno al diez, esta ni siquiera se refleja Cariño, no puedes protegerme tanto sin agobiarme —añadió, tomándole suavemente de la mano—. Así que debes aprender a confiar en mi buen juicio.

—Si estás tan segura —susurró él, apretándole los dedos.

—Claro que lo estoy. Venga, haz que Jesse llame a Cooper para que no venga.

Jackson salió de la pequeña habitación. Haley trató de levantarse, pero sintió un poco de vértigo, por lo que decidió permanecer sentada un poco más. Jackson volvió enseguida.

—Daisy me ha dicho que ha habido problemas con Johnny.

—No, con Johnny no. Lo hemos interrogado, pero nada serio. Queríamos ver si había visto a alguien sospechoso por los alrededores. Entonces, sintió miedo y huyó. Ahora que sabemos que estás bien, Jesse va a salir a buscarlo.

—Todavía no me has dicho lo que ha pasado.

—Una yegua apareció muerta en un corral. Era Sugar. Alguien le cortó el cuello.

—No... —susurró Haley, que adoraba a la pequeña yegua—. Johnny no sería capaz de eso. No podría.

—Lo sé, tesoro. Parece que tenemos otro vándalo.

—¿Crees que se trata de Snake Rabb? ¿Con todo esto lleno de guardias?

—Estaba en la cárcel, por otro delito. Jericho había cancelado la vigilancia, como era natural, teniendo a Snake fuera de combate.

—Entonces, ¿quién puede haberlo hecho? ¿Y por qué? ¿Y por qué Sugar? —añadió, con los ojos llenos de lágrimas.

—Ojalá lo supiera —susurró Jackson, mirándola muy apenado.

Capítulo Once

Fue Lady, la perra, la que los oyó primero. El animal se puso a menear la cola y empezó a saltar y a ladrar. A medida que los caballos se iban acercando, su excitación iba en aumento.

A pesar de la oscuridad reinante, la luz del porche iluminó por fin a los caballos. Daisy fue la primera que reaccionó.

—Johnny —susurró, aliviada.

Haley y Jackson salieron rápidamente del porche y se acercaron a los recién llegados. Jesse estaba agotado, pero el pequeño Johnny estaba rendido sobre el caballo. Parecía cansado y derrotado. Fue Jackson el que lo ayudó a bajar de la montura.

—Señor Cade —susurró—. El señor Jesse me explicó que solo me estaban haciendo preguntas para averiguar lo que yo podría haber visto, no porque se me acusara de haber matado a esa yegua. Teniendo en cuenta cómo me he comportado, después de esto me merezco ir a la cárcel. Supongo que usted no querrá que alguien tan desagradecido viva en su casa. Además, después de lo que le he hecho a la doctora Garrett, estoy seguro de que nos dirá a mi madre y a mí que nos marchemos.

Jackson miró a Haley para ver su opinión. La joven se sentía muy orgullosa del muchacho y sonrió. Entonces, asintió para que Jackson comprendiera que había olvidado el accidente.

—¿Pediros que os marchéis? No, Johnny, cuando

te vayas de este rancho, será porque quieras hacerlo.

–¿Lo dice en serio? –pregunto el muchacho. Inmediatamente, la fatiga le desapareció del rostro.

–Estamos muy contentos de que hayas vuelto, especialmente por tu madre y por Lady –le aseguró Jackson, dándole un empujón para que fuera a saludar a su madre–. Daisy, estoy seguro de que habrá sobrado algo del pastel de carne que tomamos para cenar. ¿Por qué no se lo das a Johnny?

–Claro. Enseguida –exclamó la mujer, muy contenta.

–Señor Cade –dijo Johnny, antes de entrar con su madre en la cocina–. Sé que le dije que no pintaría con el señor Jefferson, pero si él sigue queriendo hacerlo, me encantaría probar.

–Volveré a hablar con Jefferson –le prometió Jackson–. Ahora, vete con tu madre. Como mañana no hay colegio, ¿por qué no te quedas un rato más en la cama?

–No, señor. Me gustaría ayudar al señor Jesse con los caballos. Es decir, si usted quiere que lo haga.

–Yo estaría encantado –intervino Jesse–. No me puedo permitir ir rechazando un buen ayudante para trabajar con los caballos.

–Muchas gracias –dijo el muchacho, con el rostro lleno de felicidad, antes de marcharse con su madre.

Cuando hubieron entrado en la casa, Haley miró a Jesse y a Jackson con satisfacción.

–Ha tomado la decisión que no sabía que podía tomar. Ahora, Johnny está fuera de la influencia de Snake. Y eso ha sido gracias a vosotros dos.

–Y a ti, jovencita –replicó Jesse–. Verte aquí le ha demostrado a Johnny que tú también le aprecias. Esta noche me dijo que creía que no venías por aquí por culpa suya.

–Es que he tenido una semana más ajetreada de lo normal en la clínica y luego ha habido muchas urgencias por las noches. No creía... No me había dado cuenta de que me echaría de menos.

–Creo que está un poco enamorado de ti –dijo Jackson, agarrándola por la cintura y estrechándola contra sí–. Como todos los Cade.

Haley no dijo nada ni indicó de ningún modo que considerara aquellas palabras más que un cumplido.

–Sí, claro, los Cade –intervino Jesse–, y este Lee en particular. Junto con la mitad de la población masculina de Belle Terre.

–Jesse –replicó Jackson–, ¿no tienes nada que hacer?

–Sí, claro que tengo cosas que hacer, pero no hay por qué recordarme que estorbo.

–Jesse –le dijo Jackson, agarrando las riendas del caballo antes de que el viejo vaquero se marchara en dirección al establo–, gracias por lo que has hecho esta noche. Sé que te has esforzado mucho con Johnny y te quiero agradecer todo lo que le has dicho para darle confianza.

–Encantado –respondió Jesse, con una sonrisa, antes de desaparecer en dirección a los establos.

En cuanto ya no pudieron ver al viejo vaquero, Jackson centró toda su atención de Haley y le acarició suavemente la mejilla, que se iba cubriendo poco a poco con un oscuro hematoma.

–¿Te duele, Duquesa? ¿Quieres que llame a Cooper? –le preguntó, al ver que ella fruncía el ceño.

–No, no tienes por qué volver a llamar a Cooper. El pobre hombre debe de sentirse como un yo-yo con todas tus llamadas.

–Si no te duele, ¿por qué frunces el ceño?

–Estaba pensando en Johnny. Me preguntaba cómo un chico con su capacidad para dar cariño y compasión pudo hacer lo que le hizo a Dancer. Esa crueldad no encaja con lo que veo en él. Además, después de haberlo visto con Lady, no puedo imaginarme que quisiera matar a ese animal. No puedo comprender cómo su hermano pudo influirle hasta ese punto.

–Piensa un momento como lo haría Snake. Llega a un nivel en el que los escrúpulos no existen. No hay nada que te impida alcanzar lo que quieres. ¿Qué harías? –le preguntó Jackson–. ¿Qué estratagema crees que utilizó para conseguir lo que quería con Johnny?

–Su madre.

–Recuerda que fue Daisy y no Johnny, quien le dijo a Jericho lo que el muchacho había hecho para evitar que hiciera cosas peores.

–Me alegro de que, a pesar de que Johnny no tuvo opción a no tratar de matar a Dancer, tú le estés dando una nueva oportunidad para tener una vida mejor. Eres un hombre muy bueno y generoso, Jackson Cade –susurró ella, acariciándole suavemente el rostro.

–¿A pesar de todos mis fallos?

–Precisamente por todos tus fallos. Mejor aún, por todo lo que eres.

Haley lo besó suavemente, de un modo que le contaba su anhelo, lo mucho que le había echado de menos por los días que habían pasado separados. Entonces, él la estrechó entre sus brazos y la llevó a un pequeño cenador que había en el río.

–Duquesa –susurró, acariciándole suavemente el rostro–. No quiero hacerte daño...

–No lo harás. Ni ahora ni nunca, a menos que no me desees –musitó ella, desabrochándole suavemente los botones de la camisa.

–Claro que te deseo. Aquí, ahora... Siempre –dijo él, ayudándola a despojarse de la camisa,

mientras ella se quitaba las botas, vaqueros y braguitas.

Tras quedarse él también desnudo, contempló a
Haley. Entonces, hizo que ella se sentara sobre su
regazo. Observó cómo se tensaban sus rasgos mientras lo aceptaba y lo convertía en parte de ella
como ella lo era de él.

Cuando la unión resultó completa, Haley se
abrazó a Jackson. Durante un momento, ninguno
de los dos se movieron. Saborearon el momento de
sentirse cuerpo contra cuerpo, de ser la misma
carne. En algún lugar, empezó a cantar un pájaro
nocturno, lo que constituyó una serenata para los
amantes.

Jackson empezó a moverse. Mientras Haley se ar-
queaba para ofrecerse más a él, gemía. Luego, se
quedó muy quieta para luego comenzar a moverse
al ritmo que Jackson le marcaba. Él la acariciaba,
enredaba los dedos entre el cabello de Haley, mientras ella se aferraba a los hombros de su amado...

Cada vez era como la primera vez. Cada vez des-
cubrían nuevas necesidades, más fuertes, y siempre
deseaban más y más. Jackson deseaba todas sus caricias, sus besos, su cuerpo, su corazón... Deseaba
que Haley fuera completamente suya.

Hasta que la conoció, el sexo solo había sido una
vacía satisfacción de una necesidad. Pasión solo por
pasión. Hasta Haley, nunca había deseado más,
nunca había necesitado más no había dado más.
Hasta Haley, podía decir que nunca había hecho
realmente el amor.

Con ella era más delicado que había creído ser
nunca, más paciente y más impaciente a la vez.
Cuando sentía que el placer de ella se convertía en
el suyo, el gozo era aún mayor.

Por primera vez en su vida, Jackson necesitaba a
una mujer, a la misma mujer... La necesitaba en

aquel preciso instante. Como si ella lo dedujera, murmuró su nombre, solo su nombre. Enseguida, alcanzaron la culminación de un fuego cuyas llamas estuvieron a punto de consumirlos. La culminación de su amor nunca había sido como aquella.

La noche era tranquila. A excepción de los suaves sonidos de los amantes, no se oía nada más allá del pequeño cenador. Cuando gritaron juntos al temblar por el gozo del amor, la oscuridad era completa.

Entonces, en aquella silenciosa oscuridad, Haley susurró el nombre de su amor.

–Jackson...

Jackson se incorporó de su tarea de arreglar sillas de montar. Desde donde estaba, veía como Haley y Johnny trabajaban juntos en la doma de un caballo. Ella acudía a River Trace tan a menudo como podía, lo que para Jackson y Johnny nunca era suficiente. Algunas veces, durante los fines de semana, se quedaba por la noche. Cada día resultaba más difícil cuando llegaba la hora de marchar.

Jefferson y Merrie los observaban desde la valla del corral. Cuando Johnny terminara, iban a llevárselo a él y a Cade a la casa que Jefferson tenía en un árbol.

Jackson pensó en los planes que podría tener con Haley para aquella tarde. Gracias a Jesse, tendría tiempo de pasar la tarde con ella. Como siempre.

Todos parecían estar contentos, aunque la felicidad se veía empañada por las pequeñas cosas que iban mal en el rancho. No habían matado a más caballos, ni había ocurrido nada grave, pero había pequeños accidentes que se producían con más frecuencia de la normal. Se rompían arneses, sillas... Incluso había habido un pequeño fuego en el heno. Aquellos sucesos preocupaban a Jackson, pero mientras no se perdieran más caballos, nada podría estropearle aquella tarde con Haley.

Después de que Johnny se hubiera marchado con Jefferson y Merrie, Haley fue con Jackson mientras él terminaba de reparar la silla. Entonces, Daisy la llamó desde la casa.

–Llamada de teléfono para usted, señorita Haley. Es un hombre que dice que ha tenido noticias de su hermano Ethan. Se reunirá con usted dentro de una hora en su casa.

–¡Noticias de Ethan! –exclamó Haley, poniéndose de pie de un salto.

–¿Y no ha dejado su nombre la persona que ha llamado? –preguntó Jackson, frunciendo el ceño.

–No, señor –replicó Daisy–. Me dijo que su nombre no importaba, porque la señorita Haley sabría quién llamaba.

–Es Yancey. Solo ha podido ser él –afirmó Haley–. Bueno, tengo que irme.

–Yo iré contigo –dijo Jackson, agarrándola del brazo.

–No –replicó ella, pensando que lo que Yancey pudiera tener que decirle podría ser confidencial–. Te prometo que te llamaré. Si no esta noche, lo haré mañana por la mañana.

Se puso de puntillas y lo besó. Antes de que él pudiera descubrir otra razón para acompañarla, ya se había marchado.

Al ver cómo su vehículo se alejaba por la carretera, Jackson pensó que, sin Haley, la agradable tarde que había anticipado era solo el espectro de la soledad.

Jackson agarró el tenedor y lo volvió a dejar sobre la mesa, igual que lo había hecho ya dos veces.

No podía comer y mirar el reloj al mismo tiempo. Sin embargo, eso no le importaba, ya que no tenía apetito. No sabía cuántas veces había llamado a Haley, pero marcó su número una vez más. Nada.

–Prometió llamarme anoche o esta mañana, pero ya es casi de noche y no está en casa.

–Tal vez venga de camino hacia acá –sugirió Daisy.

–Llamaría primero, especialmente porque es tan tarde –dijo Jackson, levantando de nuevo el auricular. Aquella vez logró hablar con alguien–. Lincoln, estoy tratando de hablar con Haley. ¿Sabes dónde podría estar? ¿Me dices que llamó anoche para decirte que estaba enferma? Pero si estaba bien. La llamó Yancey y se marchó porque él le dijo que quería verla para darle noticias de su hermano –añadió, antes de colgar–. Jericho estaba cenando en casa de Lincoln. Le ha dicho que Yancey se marchó hace dos días a Seattle para intervenir en una operación. Tengo que irme. Tengo que ver que no está demasiado enferma como para responder el teléfono.

Jackson salió corriendo de la casa. Daisy no se movió ni habló hasta que oyó que el coche de Jackson arrancaba. Entonces, con voz triste, susurró:

–Espero que, pase lo que pase, no forme parte de los pequeños accidentes que están ocurriendo aquí.

–Si no ha ido a trabajar y no está en casa, entonces, ¿dónde está? –le decía Jackson a Jericho, mientras paseaba como un león enjaulado por el jardín de la casa de Haley–. Si no fue Yancey el que la llamó para darle noticias de su hermano, ¿quién fue?

–He hablado con Yancey –respondió Jericho–. Y no fue él.

Adams, Lincoln y Jefferson también estaban presentes, pero ninguno podía ofrecer más información que el sheriff.

–Esto no es típico de ella –afirmó Lincoln–. No quiero ser ave de mal agüero, pero si te dijo que te llamaría, lo habría hecho. Si estaba enferma, te lo habría dicho también.

–¿Hay rastro de su coche? –preguntó Adams. Jericho negó con la cabeza–. ¿Es posible que decidiera ir a la casa del árbol y se perdiera?

–El camino no tiene pérdida –apostilló Jefferson–. Es imposible perderse. Si hubiera tenido una avería, Merrie, los chicos y yo nos habríamos encontrado con ella.

–Entonces, ¿dónde está? –preguntó Jackson, casi sin poder guardar el control–. Sé que no se marcharía así como así. Había invertido mucho en su vida en Belle Terre, en nosotros...

–Voy a iniciar la investigación a primera hora de la mañana –anunció Jericho–, para ver si alguien nos puede dar alguna pista. Quién sabe... tal vez la hayan llamado a una urgencia.

–Eso es imposible. No puedo creer que eso pueda ser posible –dijo Lincoln–. Sin embargo, si la urgencia fuera tan grave que no pudiera ni llamar, Haley le habría pedido a alguien que llamara en su nombre. Yo la conozco bastante bien. Aparte de su familia, no había nadie más en su vida...

–Haley estuvo casada –le recordó Jackson–. Fue una relación en la que ella sufrió maltrato y que terminó rápidamente. Sé que se llamaba Todd, aunque no sé su apellido.

–¿Sabe Haley dónde está ese tipo ahora? –quiso saber Jericho.

–Estaba en la cárcel. Las autoridades deben notificar a Haley cuándo le ponen en libertad. ¡Dios mío, Jericho! Entre otras cosas, era un sádico...

145

–Entonces, tal vez no espere hasta mañana para empezar a hacer preguntas. En cuanto antes sepamos algo sobre ese Todd, mejor. Me marcho a la comisaría para empezar enseguida. ¿Dónde estarás tú, Jackson?

–Aquí, Jericho. No pienso moverme de aquí.

–Ya está –anunció Jericho, antes de poner un informe delante de Jackson. Era mediodía del segundo día después de la desaparición de Haley–. Se llama Todd Flynn, alias Jones y Dean. Lo soltaron por buen comportamiento hace tres semanas. Haley dijo que se le notificara cuando le soltaran por teléfono o por correo, pero no hay anotación alguna de que eso debiera hacerse.

–¿Por qué no?

–¿Qué está pasando? –exclamó Yancey, desde la puerta del despacho de Jericho–. He vuelto en cuanto me he enterado de lo que ha pasado. Como se utilizó mi nombre en vano, le he dejado el caso a un subordinado y he tomado el primer avión.

–La persona que llamó no utilizó tu nombre –afirmó Jackson–. Haley dio por sentado que eras tú, dado que el mensaje tenía que ver con noticias de su hermano.

–¿Ethan? ¿La persona que llamó sabía de la existencia de Ethan Garrett? –preguntó Yancey, incrédulo.

–Le llamó por su nombre –susurró Jackson.

–Entonces, Simon McKinzie debe de tener un grave problema de seguridad o esa persona tiene acceso a información personal. Si es lo último, y rezo a Dios porque así sea –dijo Yancey, fervientemente–, entonces es alguien que sabía que Ethan tenía un trabajo muy peligroso y que Haley y sus padres siempre estaban preocupados por él. También debía de saber que Ethan enviaba mensajes a su hermana por medio de personas desconocidas.

–Flynn –musitó Jackson–. Sé que la tiene él.

–Eso no podemos asegurarlo –afirmó Jericho–. Tenemos que mantener la mente abierta a todas las posibilidades.

Jericho no quería decirle a Jackson que había enviado hombres y mujeres para que rastrearan la zona. Si Haley había tenido un accidente en el condado, lo sabrían enseguida.

–¿Qué puedo hacer? –preguntó Yancey.

–Puedes ponerte en contacto con Simon para explicarle la situación. Quiero saber lo que él piensa –dijo Jericho, que conocía cómo funcionaba la agencia de investigación gubernamental.

–Lo haré –respondió Yancey–. Y tú, Jackson, vete a casa y descansa un poco. Estás agotado.

–Voy a volver a casa de Haley. Si puedo dormir en algún sitio, será allí.

–Estás muy enamorado de ella, ¿verdad? Tal y como dijo Jesse.

–Sí –admitió Jackson–. Tal vez si yo la hubiera protegido, esto no habría ocurrido.

–¿Proteger a Haley? –preguntó Yancey, soltando una carcajada–. No creo que ella te lo hubiera permitido. Después de su matrimonio, Ethan se encargó muy bien de que aprendiera a defenderse. Que sea muy menuda no quiere decir que no sepa defenderse.

–Si es ese tipo quien la tiene, él tampoco anda escaso de medios.

–He leído en este informe –dijo Jericho, mostrándoles una página–, que ese tipo la secuestró y la tuvo retenida durante días. No la violó, pero solo porque un accidente lo había dejado impotente. En vez de eso, la marcó.

Yancey asintió, ante la sorpresa de Jackson.

–¿Tú sabías eso?

–Sí. Ethan y yo fuimos a rescatarla. Si Haley no le hubiera detenido, Ethan habría matado a ese canalla. Si ese cerdo la tiene... Bueno, francamente, creo que tenemos otro caso de secuestro.

–¿Crees que le hará daño? –preguntó Jackson.

–Lo ha hecho antes –contestó Yancey–. Y tengo miedo de que vuelva a hacerlo. Lo siento, Jackson, podría mentirte, pero no conseguiría nada con ello. Si le hace daño, es mejor que se esconda bien, porque Ethan Garrett no parará hasta que lo encuentre.

–Hasta ahora, no estamos seguros de que sea él quien la tiene –les recordó Jericho–. Bueno, se está haciendo tarde. Esta noche no podemos hacer nada más. Vete a casa, Yancey. Y tú vete a tu casa o a la de Haley, Jackson y descansa si puedes. Mis muchachos empezarán de nuevo a rastrear la zona. ¿Has venido en coche? ¿Quieres que te lleve yo?

–No, gracias –respondió Jackson–. Iré andando. El aire de la noche me sentará bien. Te aseguro una cosa, Jericho. Si ese tipo le hace daño, Ethan Garrett no tendrá oportunidad de ocuparse de él.

–Lo sé. Por eso vamos a encontrarla antes de que tenga oportunidad de hacerle daño.

–Si ya no es demasiado tarde...

–La velocidad no es su estilo –comentó Yancey–. Le gusta tomarse su tiempo. Le excita el miedo. Ethan trabajó realizando perfiles psicológicos y dice que los tarados como él necesitan llevar el miedo hasta cierto punto. Si no lo consigue, no le resulta emocionante. Lo mejor de todo esto es que Haley lo sabe. Ya conoce sus métodos...

–Desgraciadamente –apostilló Jackson.

–Sí. Lo conoce tan bien que tal vez pueda ganarlo en su propio juego. Y yo apuesto por Haley.

–Yo también –dijo Yancey.

–Yancey conoce el caso de primera mano, Jericho –dijo Jackson.

–No me hace falta. Conozco a Haley y con eso me basta. Y también debería bastarte a ti, Jackson.

–Tal vez....

La tristeza que le embargaba el corazón se le alivió solo un poco. Tenía que ponerse a pensar cuanto antes. Debía encontrar algo que contribuyera a encontrar a Haley.

–No, tal vez no. Estoy seguro de ello –añadió él, con convicción.

Capítulo Doce

Jefferson iba caminando por el arcén de una carretera poco frecuentada. El sudor le caía por la frente, mezclándose con el polvo que iba levantando al caminar. Gracias a que se limpiaba la cara con el antebrazo, los ojos no se le irritaban por la sal que producía su cuerpo.

Jackson iba detrás de su hermano, a unos pocos pasos de distancia. Durante un tiempo había acompañado a los que rastreaban la zona por orden del sheriff, pero había decidido dejarlo. Aunque estaba muy agradecido a los hombres y mujeres que estaban buscando a Haley por todas partes, tenía todas sus esperanzas puestas en su hermano Jefferson, que conocía el terreno como nadie.

Haley llevaba desaparecida cuatro días. ¿Dónde estaría? ¿Y cómo estaría? Jackson no podía pensar en otra cosa que lo que podría haberle hecho el canalla de Todd Flynn. No dormía, ni comía... «No puedo vivir sin ella».

Aquel pensamiento hizo que se detuviera en seco. Era cierto. Estaba completamente obsesionado con Haley y solo vivía para pensar en el próximo momento que pudiera pasar con ella. El hecho de que hubiera desaparecido, le había llevado a darse cuenta de que quería estar con ella para siempre.

Sin poder evitarlo, miró al cielo y susurró:
—Por favor...

No supo cuánto tiempo estuvo allí, ofreciendo su plegaria, pero, cuando volvió a mirar a la carretera, Jackson había desaparecido.

–Jeffie...

–Estoy aquí, Jackson –le respondió su hermano. Al mirarle al rostro, Jackson se dio cuenta de que algo había cambiado.

–¡La has encontrado! ¡Has encontrado a Haley!

–No, no la he encontrado.

–Entonces, ¿qué?

–He encontrado su furgoneta –dijo Jefferson, indicando una curva, cerca de la zona pantanosa–. Quien estuviera conduciendo, se chocó contra un caimán y la furgoneta cayó al pantano.

Jackson sintió que el pánico se apoderaba de él.

–No sabemos si era ella la que estaba en esa furgoneta –añadió su hermano–. No sabremos nada hasta que Jericho envíe el equipo necesario, pero, por el estado en el que está el caimán, el accidente no acaba de ocurrir.

–¿Cuánto tiempo crees que ha pasado?

–Un par de días. Tal vez más.

–No...

–Que sea su furgoneta, no significa que ella estuviera dentro. Y, si lo estaba, ya no puedes hacer nada por ella.

El silencio era completo. Los hermanos se miraron, sin encontrar nada que poder decir.

En silencio, Jackson se apartó del tumulto que se había apoderado de la tranquila zona del pantano. No podía ver la grúa que iba a sacar el coche de Haley de las aguas. Sus hermanos estaban con él, en silencio.

De repente, vieron que Jericho se acercaba hacia ellos.

–Está sonriendo –dijo Jefferson.

–Haley no está dentro del coche –les informó el sheriff, cuando llegó a su lado–. Todas las puertas estaban cerradas, igual que las ventanas. No cabe margen de error. Haley no estaba en la furgoneta cuando esta se hundió. Solo está el hombre que conducía el coche. No podemos estar seguros de quién es, pero mi instinto me dice que es Todd Flynn. El hecho de que Haley no esté con él significa que está viva.

Tres de los hermanos lanzaron vítores de alegría. El cuarto dio las gracias en silencio. Tenían frente a ellos un terrible enigma, pero había esperanza.

Linsey sirvió café para todos los hombres que llenaban la pequeña cocina. Estaban todos los Cade, Jericho, Yancey, Jesse Johnny e incluso Davis Cooper. El pequeño Cade, con Johnny sentado a su lado, estaba tranquilo, aunque entendía perfectamente la gravedad de la situación. Su madre se acercó al pequeño y trató de llevárselo, pero el niño se resistió.

–Déjalo, cielo –dijo Lincoln–. No molesta.

–No entiendo lo que ese tipo estaba haciendo allí –comentó Jesse.

–Es verdad. No tiene sentido que estuviera en un lugar tan apartado como ese –añadió Yancey–. Ni siquiera algunos de los que viven por aquí saben que existe.

–Es el último lugar que yo me habría imaginado –admitió Jericho–. Menos mal que Jefferson lo conocía.

–Tal vez no quería estar allí –dijo de repente, el pequeño Cade.

–¿Qué quieres decir, Cade? –le preguntó Lincoln.

–Tal vez se había perdido. Como mamá y yo cuando lo encontramos.

–¿Que tú has estado en Lost Point? –le preguntó Lincoln a su esposa.

–No a propósito –confesó la mujer–. Me equivoqué de desvío y acabamos allí.

–¿Cuándo fue esto? –quiso saber Jericho.

–Hace un año, aproximadamente.

–¿Dónde habíais estado antes? –preguntó Adams.

–Mamá me llevó a la ruina de la vieja casa para mostrarme la bodega. Por si acaso la vieja tapa que papá puso se caía alguna vez.

–La vieja casa... –susurró Jackson. De repente, sintió una premonición y se puso de pie–. ¡Haley está en la bodega! Lo sé. Está allí. Esta noche, cuando pase por la posada para contarle al coronel y a la señora Garrett nuestros progresos, sé que podremos darles buenas noticias.

El terreno resultaba algo inaccesible. El sendero se había visto afectado por el paso de un tornado y los árboles caídos testificaban la fuerza de la naturaleza. Como habían pasado casi dos años desde aquella tormenta, el bosque había ido recuperando terreno y las plantas cubrían grandes partes del sendero.

–¿Cómo pudo ese tipo encontrar este lugar? –preguntó Davis Cooper.

–Solo Dios lo sabe –respondió Jericho, mientras iban retirando los cascotes que cubrían la entrada a la bodega.

A los pocos minutos, todos pudieron contemplar cómo Jackson sacaba a una agotada y sucia, pero increíblemente hermosa Haley, del oscuro pozo en la tierra.

No hablaba, ni lloraba. Débil por el hambre y con los ojos medio cerrados por la luz del sol, se tambaleó. Entonces, sonrió.

Había sobrevivido a aquellas largas horas en la oscuridad amando y sintiéndose amada por Jackson. Como Ethan había dicho, el amor la había hecho invencible, ya que estaba segura de que, de algún modo, él la encontraría porque la amaba.

Con lágrimas en los ojos, levantó los labios hacia los de Jackson y murmuró:

—Sabría que vendrías.

La música y las risas inundaban el aire. River Trace y todos sus invitados estaban ataviados con sus mejores galas. Amigos y familia habían acudido para celebrar un final y un principio.

Flanqueada por su hermano y sus padres, Haley estaba radiante, con un vestido color crema, muy sencillo, que resaltaba bellamente su cabello y sus ojos. Aunque estaba todavía algo delgada y cansada, los llevaba entre los invitados, explicándoles lo importante que cada uno de ellos había sido en su vida, especialmente Jefferson y Cade.

—Lo más importante para la supervivencia de Haley —les decía Yancey a sus padres—, fueron las técnicas de supervivencia que Ethan le enseñó.

—Yancey tiene razón. Todo podría haber terminado muy trágicamente si no hubiera sido por la resistencia y el espíritu de Haley —añadió Jackson.

—Fue una buena alumna. Una guerrera —afirmó Ethan, con una sonrisa en los labios.

—Una guerrera —repitió Jackson—. El nombre le viene que ni pintado —añadió, rodeándola con un brazo—. ¿Te importa si te robo a tu hermana durante un rato?

—¿Tendría alguna importancia que me importara, Jackson? –le preguntó Ethan, con una sonrisa aún más amplia.

–Creo que no.

–Ya me había parecido.

Jackson se llevó a Haley al cenador junto al río. Allí, se sentó a su lado y le tomó la mano. Después de dos semanas, los hematomas habían empezado a desaparecer. Ya no tenía las uñas rotas ni herida alguna por la batalla que la había sacado a la fuerza de su casa. Y estaba tan hermosa como cuando la habían sacado de aquella bodega, sin señales ya de hambre o de deshidratación.

Los informes del forense habían demostrado que el conductor muerto era Todd Flynn. Una investigación descubrió que había cultivado la amistad de una secretaria mientras disfrutaba de una estancia en una prisión de mínima seguridad. Así, había conseguido la dirección de Haley y había borrado la mención de que se debía avisarla de su libertad del expediente.

Todd había sido también el responsable de los actos vandálicos de River Trace, tal y como le había confesado a Haley. Se había regocijado explicándole cómo había matado a Sugar solo porque la había visto montar a la yegua. Si tenía la intención de dejarla en la bodega de la casona para siempre era solo una conjetura, aunque aquello era precisamente lo que le había dicho a Haley. Y ella había creído cada palabra.

–¡Eh! Hoy no se permiten pensamientos tristes –susurró Jackson–. Estabas pensando en él, ¿verdad?

–Sí. Y cómo te subestimó a ti y al poder del amor. Junto con la ayuda de familiares y amigos, por supuesto.

–Sí –musitó él, tomándola entre sus brazos. Sabía que aquel día no se celebraba solo el pasado, sino también el futuro. Su futuro con Haley.

–No deberíamos ausentarnos de este modo. Tienes invitados.

–Tenemos invitados –le corrigió él–. Sabes que esto es mucho más que una fiesta, ¿verdad? Y que el traje que Eden eligió para ti no es un simple vestido.

–Creo que Eden hizo una elección muy acertada. Es un traje precioso.

–No tan bonito como tú, Duquesa. Si me aceptas, quiero pasar el resto de mi vida contigo, empezando con una boda esta misma noche. Todo está preparado, así que lo único que tienes que hacer es decir que sí. Tú me amas, Duquesa, sé que es así. Casi tanto como yo te quiero a ti.

–De acuerdo, Jackson.

–Soy testarudo, tengo más genio, pero no se trata de nada que no puedas domar. Que no hayas domado. Yo... ¿Qué dices?

–Digo que sí, Jackson.

–Porque me amas –dijo él, con tanta seguridad, que parecía que creía firmemente lo que decía. Tal y como le había prometido a Eden.

–Pensé que nunca me lo dirías –susurró Haley.

–¿Que te amo?

–Sí, mi testarudo, irascible y adorado rebelde –musitó ella, dulcemente–. Eso también.

Acepte 2 de nuestras mejores novelas de amor GRATIS

¡Y reciba un regalo sorpresa!

Oferta especial de tiempo limitado

Rellene el cupón y envíelo a
Harlequin Reader Service®
3010 Walden Ave.
P.O. Box 1867
Buffalo, N.Y. 14240-1867

¡Sí! Por favor, envíenme 2 novelas de amor de Harlequin (1 Bianca® y 1 Deseo®) gratis, más el regalo sorpresa. Luego remítanme 4 novelas nuevas todos los meses, las cuales recibiré mucho antes de que aparezcan en librerías, y factúrenme al bajo precio de $2,99 cada una, más $0,25 por envío e impuesto de ventas, si corresponde*. Este es el precio total, y es un ahorro de más del 10% sobre el precio de portada. !Una oferta excelente! Entiendo que el hecho de aceptar estos libros y el regalo no me obliga en forma alguna a la compra de libros adicionales. Y también que puedo devolver cualquier envío y cancelar en cualquier momento. Aún si decido no comprar ningún otro libro de Harlequin, los 2 libros gratis y el regalo sorpresa son míos para siempre.

416 BPA CESK

Nombre y apellido	(Por favor, letra de molde)
Dirección	Apartamento No.
Ciudad	Estado Zona postal

Esta oferta se limita a un pedido por hogar y no está disponible para los subscriptores actuales de Deseo® y Bianca®.
*Los términos y precios quedan sujetos a cambios sin aviso previo.
Impuestos de ventas aplican en N.Y.

SPD-198   ©1997 Harlequin Enterprises Limited

Deseo®...
Donde Vive la Pasión
¡Los títulos de Harlequin Deseo®
te harán vibrar!

¡Pídelos ya! Y recibe un descuento especial
por la orden de dos o más títulos

HD#35327	UN PEQUEÑO SECRETO	$3.50 ☐
HD#35329	CUESTIÓN DE SUERTE	$3.50 ☐
HD#35331	AMAR A ESCONDIDAS	$3.50 ☐
HD#35334	CUATRO HOMBRES Y UNA DAMA	$3.50 ☐
HD#35336	UN PLAN PERFECTO	$3.50 ☐

(cantidades disponibles limitadas en algunos títulos)
CANTIDAD TOTAL $ _____

DESCUENTO: 10% PARA 2 Ó MÁS TÍTULOS $ _____

GASTOS DE CORREOS Y MANIPULACIÓN $ _____

(1$ por 1 libro, 50 centavos por cada libro adicional)

IMPUESTOS* $ _____

TOTAL A PAGAR $ _____

(Cheque o money order—rogamos no enviar dinero en efectivo)

Para hacer el pedido, rellene y envíe este impreso con su nombre, dirección
y zip code junto con un cheque o money order por el importe total arriba
mencionado, a nombre de Harlequin Deseo, 3010 Walden Avenue, P.O. Box
9077, Buffalo, NY 14269-9047.

Nombre: _____

Dirección: _____ Ciudad: _____

Estado: _____ Zip Code: _____

Nº de cuenta (si fuera necesario):_____

*Los residentes en Nueva York deben añadir los impuestos locales.

Harlequin Deseo®

CBDES

La bella e inteligente Julia Knox siempre había tenido mucho cuidado con ciertas cosas. El peligroso Adam Brody había sido su primer amor y también el único riesgo que ella había corrido en toda su vida... y el resultado había sido un auténtico desastre. ¡Pero eso estaba a punto de cambiar! Adam había vuelto a la ciudad y Julia estaba decidida a dar algunos pasos y romper unas cuantas reglas...

Adam no pensaba que Julia fuera tan salvaje y alocada como él, al menos no lo era la última vez que la vio; pero él no era de los que rechazaban los desafíos. Sin embargo, a medida que se adentraban en el terreno de los sentimientos, el peligro era cada vez mayor... y también la recompensa.

PÍDELO EN TU PUNTO DE VENTA

Eran totalmente opuestos en todo: Cassian era guapo, rico y rebosaba seguridad por los cuatro costados; Laura no tenía dinero y era increíblemente tímida desde que la abandonaron siendo solo una niña. Cassian sabía que no tenía ningún lugar al que ir, por eso la dejó quedarse en su casa. Pero no esperaba acabar sintiéndose atraído por ella cuando descubrió que, bajo aquella frágil belleza, se escondía una mujer apasionada...

Laura nunca había pensado que acabaría siendo la amante de nadie... ¡y mucho menos la de Cassian! Aunque era el hombre de sus sueños, pronto se dio cuenta de que no se conformaba con ser su amante; deseaba ser su esposa...

El poder de los sentimientos

Sara Wood

PÍDELO EN TU PUNTO DE VENTA